verlegt durch EGMONT Verlagsgesellschaften mbH,
Gertrudenstraße 30–36, 50667 Köln

Titelbild: Yayo Kawamura
Lektorat: Katharina Jacobi
Umschlaggestaltung: Yayo Kawamura
Herstellung/Satz: Greiner & Reichel, Köln
Druck/Bindung: CPI – Ebner & Spiegel, Ulm
ISBN 978-3-505-12642-0

10 11 / 8 7 6 5 4 3 2 1

PASCALE KESSLER

DAS FreundinnenWUNDER

just girls

Schneider Buch
EGMONT

Inhalt

Wer will schon Villa?

Also, meine Schwester Karo und ich, wir sind uns in letzter Zeit höchst selten einig. Aber dieses eine denkwürdige Mal stehen wir echt mal auf der gleichen Seite. Auf der Wir-wollen-nicht-umziehen-Seite.

Gespannt schaue ich zwischen meiner Mutter und meinem Vater hin und her. Hier geht's ja fast zu wie auf dem Tennisplatz!

Achtung, Papa wirft: „Das ist eine wunderbare Gelegenheit! Auf diesen Job habe ich schon so lange gewartet!!"

Mama: nickt und schaut uns tröstend an. Immerhin scheint sie ja wohl zu merken, dass hier gerade ein mittlerer Weltuntergang läuft. „Ihr werdet euch bestimmt schnell eingewöhnen. Das ist ein sehr nettes kleines Städtchen."

Würg! Ich will nicht in irgend so ein blödes kleines nettes Kaff. Nett wie Omas Häkeldecke in schlammgrün, oder wie?

In meinem Kopf achterbahnt es total.

Achtung, Mama wirft den Ball zurück: „Ihr werdet staunen! Wir wohnen dort in einer richtig luxuriösen Villa, mit riesigen Zimmern."

Unsicher trete ich von einem Fuß auf den anderen. Ich muss mir einen superwichtigen Grund einfallen lassen, weswegen wir hierbleiben müssen. Dann wird Mama und Papa sofort und auf der Stelle sonnenklar, dass wir hier einfach nicht wegkönnen!

Auf meiner Gedankenachterbahn rattere ich schnell alle möglichen Hierbleibgründe runter. In jedem Wagen sitzt ein anderer.

Meine große Schwester ist da viel cleverer. Die pfeift nämlich auf die ganze Überzeugungsarbeit und startet einfach die volle Gefühlsrakete. Ihre Wangen sind rot, und diesmal ausnahmsweise nicht von ihrer Make-up-Farbtopftauchaktion. Nein, sie ist stinksauer und versucht erst gar nicht, das zu verbergen: „Ihr könnt das doch nicht ernst meinen?"

Raketenstart ist eingeleitet.

10 „Mitten im Schulhalbjahr?"

9 „Und meine Hip-Hop-AG?"

8 „Euch ist klar …

7 … dass ich dort …

6 … alles …

5 … ganz grauenhaft finden werde?!"

Trotz Trauergrübelei beobachte ich interessiert, wie meine Schwester zu zittern beginnt. Als hätte sie einen Rasenmäher verschluckt!

4 „Was soll denn mit meinen Freunden werden?

3 Ihr …

2 … könnt mich doch nicht …

1 … einfach so von Tom wegreißen."

Start!

Die Tränen fließen jetzt ungehindert über ihr Gesicht und bilden zusammen mit der Wimperntusche schwarze Trauerbäche.

Typisch Schwesterherz! Das Wichtigste überhaupt ist seit ein paar Wochen sowieso nur ihr Freund: Tom. Oder „Schmalzlocke", wie ich ihn heimlich nenne.

Er geht mit Karo in dieselbe Klasse. Manchmal bekomme ich das Liebesglück mit, wenn die zwei auf dem Schulhof Händchen halten. Ich verstehe einfach nicht, was die an dem findet. Es gibt viel süßere Typen in ihrer Klasse. Chris zum Beispiel, dieser witzige Typ mit dem Skateboard. Wenn sie den gut fände, das könnte ich schon irgendwie verstehen. Aber *Tom*? Der ist dermaßen schmalzig, da rutsch ich ja glatt beim Hinsehen aus!

Meine Eltern haben inzwischen das Worttennisspiel aufgegeben. Kein Wunder – so ein Raketenstart à la Karo ist ja auch viel dramatischer.

Sie haben sich wohl immer noch nicht ganz an ihre Temperamentsausbrüche gewöhnt. Kein Wort ist im letzten Jahr so häufig gefallen wie PUBERTÄT!

Und ich hautnah mittendrin. Bei jeder Gelegenheit geht meine Schwester an die Decke und schmiert mir aufs Butterbrot, wie klein ich noch bin und dass ich das alles noch nicht verstehen könne. Was auch immer „das" sein soll.

Ihr Lieblingsspruch: „Ich will manchmal gar nicht frech sein, ich muss aber irgendwie."

Zum Schluss wackeln Mama und Papa dann auch noch verständnisvoll mit ihren Köpfen: „Ach ja, die Pubertät, so ist es halt, und hoffentlich ist sie bald vorbei."

Also, wenn man mich fragt, ist das bloß Quatsch im Quadrat. Die soll sich einfach mal zusammenreißen!

Kürzlich zum Beispiel, da hat sie sich echt was geleistet. Ich habe für ihren Geschmack zu lange mit Sorina telefoniert – Karos Handy war wie immer leer, und so brauchte sie *unbedingt* das Telefon, weil sie *unbedingt* Tom anrufen musste – SOFORT. Tja, und weil ich nicht schnell genug aufgelegt habe, hat sie dann einen ihrer legendären Wutausbrüche bekommen – den Sorina am anderen Ende der Leitung natürlich in Echtzeit miterleben durfte. Sorinas einziger Kommentar zu der Schreierei: „Hey Lilli, du bist meine beste Freundin, und Karo ist deine Schwester. Familie und so. Aber ich muss es dir leider sagen: Die spinnt total!"

Und das finde ich auch! Karo hat einfach 'ne lockere Schraube, also 'ne Schraube locker. Und egoistisch ist die bis zum Gehtnichtmehr. Nie hält sie zu mir oder so. Immer macht sie einen Riesenwirbel um ihren Kram. Und dann hat sie mir auch noch diesen furchtbaren Spitznamen verpasst: „Krümel." Voll die Frechheit!

Karos Gekreische holt mich in die Gegenwart zurück.

Paps versucht gerade, sie zu trösten: „Du wirst schon jemand anders finden", versucht er es im Guten.

Doch Karo zündet eine weitere Raketenstufe: „Ihr habt ja keine Ahnung! So etwas gibt es nur EINMAL! Das ist echte Liebe!"

Dramatische Schlussszene: Sie wendet sich ab und stürzt Türen knallend in ihr Zimmer.

Mama und Papa bleiben zurück und wechseln einen betroffenen Blick.

Ich hüstele dezent. Äh, hallo, ihr habt noch eine Tochter, die steht hier rum, und keiner hört zu! Missmutig starre ich die beiden an, räuspere mich noch einmal und lege nun in der gleichen Tonart los, in der immer diese lässige Anwältin in meiner Lieblingsserie alle ihre Fälle gewinnt. „So ein Umzug ist doch auf jeden Fall viel zu teuer, Papa", stelle ich sachlich fest. „Du könntest bestimmt auch hier irgendwo in der Nähe einen Job finden." Ein Eins-a-Argument, wie ich finde, und dann noch in diesem vernünftigen Ton – ohne Gezeter und Gemecker. Jetzt müsste eigentlich so was kommen wie: „Natürlich, natürlich Frau Anwältin ... äh ... Lilli ... wir bleiben selbstverständlich hier. Für immer."

Aber Papa kennt, glaub ich, die Serie nicht: Der ignoriert nämlich einfach meinen Überzeugungsversuch, steht auf, kommt zu mir und drückt mich fest an sich. „Glaub mir", versichert er mit zuversichtlichem Lächeln, „du lebst dich bestimmt ganz schnell ein und findest viele neue Freunde."

Mama nickt und lächelt ebenso hartnäckig: „Und von dem neuen Haus wirst du ganz begeistert sein, wirklich."

Das ist ja wohl die Höhe! Hört mir denn hier keiner zu? Mit Karo haben sie doch auch nicht das Komm-her-Kleine-Beruhigungsprogramm abgespult! Klar – die wäre ja gleich noch höher an die Decke gegangen. Aber ich gehe jetzt auch – nämlich in mein Zimmer! „Hmpf", ist alles, was ich noch herausbringe, bevor ich mit, wie ich finde, vielsagendem Blick aus dem Wohnzimmer stürme. Oder genauer gesagt: stürmen will. Denn auf einmal fällt mir etwas ein, und ich bremse so abrupt ab, dass der Teppich staubt.

„Mama, was ist denn mit meinem Training?", frage ich anklagend. „Muss ich ab jetzt einsam und allein die Bälle durch die Gegend werfen, oder was?"

Seit einigen Wochen bin ich nämlich mit Sorina in der Schul-Jonglier-AG. Das macht Riesenspaß, auch wenn es am Anfang eher aussah wie ein Profi-Blumenpflücker-Kurs: Mir sind andauernd die Bälle runtergefallen, die ja leider nicht von alleine wieder in die Hände zurückspringen. Aber mit zwei Bällen geht es inzwischen, und nun übe ich auch schon wie wild mit drei Bällen. Zu Hause nehme ich Tücher zum Trainieren: pink, türkis und gelb – richtig cool sieht das aus. Wir müssen uns noch ein bisschen steigern, aber dann wollen Sorina und ich eine richtig gute Jonglier-Nummer einstudieren und damit auch mal irgendwo auftreten. Wie man sieht, geht es hier also um meine Zukunft als Showstar, und deswegen kann ich *unter keinen Umständen* einfach wegziehen!

Aber anscheinend sehen Mama und Papa meine Zukunft woanders.

„Mach dir mal keine Sorgen." Aufmunterndes Lächeln.

Ich verdrehe innerlich die Augen. Wie soll ich das denn anstellen: mir keine *Sorgen* zu machen?

„Ich verspreche dir ...", behauptet meine Mutter nun, immer noch mit diesem aufmunternden Dauer-Lächeln im Gesicht, „... dass wir für dich etwas anderes organisieren werden."

„Etwas anderes!" Also, jetzt verdrehe ich die Augen wirklich. „Mama, ich will nichts anderes." Ich schlucke. „Ich will mit Sorina weiter in der AG trainieren." Bei der Vorstellung, meine beste Freundin nicht mehr jeden Tag sehen zu können, noch nicht mal jede Woche, gehen mir alle Argumente flöten. Auf einmal habe ich nur noch einen dicken Kloß im Hals. Jetzt bloß nicht losheulen. Sonst denken die noch wer weiß was von mir. Obwohl ...

Das wäre eigentlich keine schlechte Idee. Ob Tränen die harten Herzen der beiden erweichen können? Schnell stelle ich mir die Abschiedsszene vor. Sorina und ich am letzten Schultag, ein letztes Winken ... Viel mehr braucht es gar nicht. In Mikrosekunden steht das Wasser in meinen Augen und droht überzulaufen. „Bitte", setze ich mit zitternder Stimme an. „Bi..."

Mist! Genau in diesem Augenblick kommt meine Schwester elefantös hereingestampft und baut sich trotzig vor Mama und Papa auf.

„Ich gehe zu Tom. Wir wollen ins Kino."

„Was, *jetzt* noch? Weißt du eigentlich, wie spät es ist?" Mamas missbilligender Ton löst natürlich gleich wieder Gezeter aus.

„Erst wollt ihr uns auseinanderreißen. Jetzt darf ich nicht mehr ins Kino mit ihm?"

„Doch, doch ..." Papa winkt schnell ab. Erstaunt schau ich ihn an: Er wirkt inzwischen doch ein bisschen erschöpft. „Ruf mich an, wenn der Film vorbei ist, ich hole euch dann ab."

„Abholen?", fragt sie entrüstet nach. Als würde man ihr anbieten, mit einem Dreirad zu fahren.

Aber Mama hat jetzt offensichtlich die Faxen dicke. „Du hast morgen Schule, mit der Bahn bist du doch erst wer weiß wann daheim. Entweder holt Papa dich ab, oder du bleibst hier."

Der Streit, der jetzt vom Zaun bricht, lässt sich schnell zusammenfassen: Kreisch, kreisch und noch ein bisschen mehr Gekreisch.

Unbemerkt schlüpfe ich in mein Zimmer. Auf mich achtet ja wohl heute eh keiner mehr. Vorsichtig schließe ich die Tür hinter mir und setze mich nachdenklich aufs Bett.

Hm, was soll ich bloß machen? Ob es irgendetwas anderes gibt, was das Umzugsprogramm meiner Eltern stoppen könnte? Eine Unterschriftenaktion? Ein Jahr abwaschen? Am liebsten würde ich einfach bei Sorina einziehen. Dann wäre auch das Problem mit meiner Nervschwester gelöst. Haha.

Ich seufze ungefähr so tief wie ein Nilpferd mit Asthmaproblemen und schaue auf die Uhr. Noch zwei unendliche Stunden, dann kommt Sorina endlich von ihrer Mathenachhilfe. Ich muss sie unbedingt anrufen. Vielleicht fällt ihr was ein, obwohl – irgendwie bringt das alles nichts. Wahrscheinlich können Karo und ich jammern, diskutieren und Raketen zünden, so viel wir wollen … Mir ist vor Aufregung jetzt wirklich etwas zittrig, und so greife ich rasch unter die Bettdecke.

Ah, da ist er: mein alter Kuschelplüschkater.

Ich glaube, er braucht auch etwas Trost und muss ein wenig geknuddelt werden. Klar, das würde ich jetzt nicht so in aller Öffentlichkeit herumposaunen – Sorina hat schon seit Ewigkeiten keine Plüschtiere mehr. Behauptet sie zumindest immer. Aber wir zwei – Kater und ich – sind hier ja unter uns. Er wird mich schon nicht verpetzen.

Trotzdem, ich darf gar nicht daran denken, wie Karo losbrüllen würde, wenn sie das sähe.

Ich streichele über sein abgeknuddeltes Fell und seufze. Früher war Karo gar nicht so zickig. Okay, okay – gestritten habe wir schon ab und zu. Aber in letzter Zeit ist sie nur noch mit Schminken und Rumzicken beschäftigt. Vor allem meckert die Irre immer rum und behauptet, ich wäre zu laut.

Dabei hat sie es gerade nötig! Wenn Karo ihren Hip-Hop hört, bebt doch die ganze Straße! Ich dagegen, na ja …

Ich schiele zu meiner *winzig kleinen* Anlage, die beim Fenster in meiner Musikecke steht … was soll die schon zum Beben bringen – Katers Plastikschnurrhaare?

Ich stehe auf und gehe zur Anlage. Meine und Sorinas Lieblings-CD von Hannah Montana liegt noch drin. Ein Knopfdruck, die Musik startet – und ich muss daran denken, dass es auch das bald nicht mehr geben wird: Wenn Karo ihre Hip-Hop-AG hat, nutzen Sorina und ich nämlich regelmäßig die sturmfreie Bude. Dann werfen wir uns in die ausgeflipptesten Outfits und stellen uns vor, wir seien zwei große Stars. Wo wir schon mal dabei sind: Sorina sieht auch irgendwie richtig nach Star aus, mit ihren abgefahrenen Klamotten, den glänzenden glatten Haaren und den langen Beinen. Kein Wunder, dass die Jungs Sorina alle super finden.

Dagegen finde ich mich ziemlich durchschnittlich: mit meinen braunen Spaghettihaaren. Voll die graue Maus. Sorina sagt immer, ich spinne, und sie hätte gern meine grünen Katzen-Augen.

Na ja, wenn sie meint ... Während ich mich aufs Bett werfe und zuhöre, wie Hannah singt, fehlt mir meine Freundin jetzt schon.

Das wird öde wie Wüste: kein Tratsch, kein Klatsch, keine gemeinsamen Lach-Anfälle mehr – ich werde mich zu Tode langweilen und vor Einsamkeit eingehen wie eine ungegossene Zimmerpalme.

Von wegen: *schnell neue Freunde finden.* In so einem kleinen Kaff, wo sich alle schon kennen? Was die da wohl für Geschäfte haben? Statt H & M wohl Hühner und Matsch? Wo ich doch so gern shoppen gehe. Eltern haben echt keinen blassen Schimmer vom wahren Leben.

Schnell spule ich vorwärts zum letzten Lied der CD. Das finde ich echt am allerbesten. Sehnsüchtig schaue ich wieder auf das neueste Poster. Da sieht man Hannah in ihrem

Zimmer: Glücklich lächelnd sitzt sie auf einem riesigen Himmelbett, mit ganz wunderschöner pastellgelber Bettwäsche und mindestens 25 Kissen darauf.

Schnell scanne ich meine eigene Lilli-Bude. Mein altes Bett – total schmal und unspektakulär. Aber was Größeres hat halt nicht ins Zimmer gepasst. Moment mal ...

Vielleicht springt ja wenigstens *etwas* Gutes bei der ganzen Umzugsaktion für Karo und mich raus? „Riesengroße Zimmer?" Hm, also mehr Platz – das wäre schon nicht schlecht ... Und wenn ich schon umziehen muss ... hab ich auch schon eine Idee, wie!

Schnell stehe ich auf und löse vorsichtig das neue Hannah-Himmelbett-Poster von der Wand. Genau in der Farbe soll mein Zimmer gestrichen werden. Und am liebsten hätte ich genau so ein Himmelbett und mindestens 50 Kissen. Jetzt komme ich in Fahrt. Eine neue Anlage und einen Fernseher im Zimmer könnte ich auch gut gebrauchen.

Aber, na ja, ich will mir mal nichts vormachen. *Soooo* ein schlechtes Gewissen haben meine Eltern dann wohl doch nicht. Nee. Der Fernseher muss wohl noch warten, bis ein größerer Härtefall eintritt. Wer weiß, meinen Eltern traue ich alles zu, vielleicht wollen sie ja demnächst nach Bagdad auswandern!

Miss Tollpatsch

Alles Bitten und Betteln umsonst!

Keine Sorina! Kein Tom!

Stattdessen: Ein neues Leben beginnt!

Was anderes war ja nicht ernsthaft zu erwarten. Wir waren in den letzten acht Wochen wirklich nur mit Packen, Räumen, Schuften, Verabschieden beschäftigt. Trotzdem hat ein Teil von mir immer noch geglaubt, dass das Wunder geschieht, sprich: Papa kommt und verkündet: „Hey Mädels – ich hab es mir anders überlegt!"

Aber ich lebe wohl in einer 100-prozentig wunderfreien Zone – und so ist es jetzt eben doch so weit: Ich stehe in meinem Fast-Ex-Zimmer und sehe schlecht gelaunt zu, wie die Umzugsleute unser altes Zuhause in praktische braune Kisten verpacken. Sie laden alles auf den riesigen Umzugswagen und fahren damit in Richtung neues *Kaff-Zuhause*.

Und wir vier fahren hinterher – Mama und Papa betont fröhlich schwatzend vorne, Karo und ich trübsinnig hinten auf der Bank: traurige SMS verschickend.

Die nächsten zwei Stunden kommen mir wie eine Ewigkeit vor. Irgendwann biegen wir von der Autobahn ab und zockeln kurz darauf durch die Straßen unserer neuen „Stadt" – im Vergleich zu Berlin ein größeres Vogelnest!

„Die Siedlerstraße liegt etwas am Rand, aber es gibt eine tolle Busverbindung zur Schule!", ruft Mama nach hinten in so aufgedrehtem Ton, als hätte sie verkündet, unsere Nachbarn wären Heidi Klum und Seal.

„Was für ein Dorf!", flüstere ich Karo zu, die mir ausnahmsweise einmal zustimmt. Wo sind die Läden? Wo die Cafés?

Weder vom einen noch vom anderen ist etwas zu sehen. Und es wird immer übler: Paps biegt in eine *noch* kleinere Straße und parkt vorsichtig hinter dem Umzugswagen in der Auffahrt. Wir sind ganz schön geplättet. Paps hat nicht zu viel versprochen, wirklich eine richtige Villa – mit nur zwei Stockwerken, und wir werden die komplette erste Etage bewohnen!

„Nichts wir rein!", ruft Paps. Die Türen sind eh schon offen, weil die Umzugsleute fleißig Kisten ins Haus schleppen.

Vorsichtig schleichen Karo und ich Papa in den Hausflur nach, die Treppe hoch und durch die offene Eingangstür unserer neuen Wohnung.

Ich nicke. Kaff hin, Kaff her – die Wohnung ist riesig! Und sie hat irgendwie Stil: Der Fußboden ist aus Holz und glänzt richtig. Das hat ja fast etwas von einem Mini-Schloss, bestimmt super für Partys und so. Nur: Wer niemanden kennt – also ich –, kann auch niemanden einladen!

„Ist irgendwie altmodisch", meckert Karo da los. „Voll die Gruftihütte! Obwohl ...", sie blickt nach oben, „... da könnte man wenigstens eine Diskokugel aufhängen." Sie deutet auf den Lampendraht im Wohnzimmer.

Hmm ... gar nicht mal blöd die Idee, finde ich, aber Papa offensichtlich schon. Er murmelt kopfschüttelnd irgendwas von Nebelmaschine und Disko.

„Wo sind denn jetzt unsere Zimmer?", fragt Karo laut.

„Kommt, ich zeig sie euch!" Mein Vater geht durch den Flur und öffnet am Ende des Gangs jeweils eine Tür: eine rechts, eine links. „Das ist deins", er deutet nach links, „und das andere ist dein Zimmer, Lilli."

Ich schiele kurz in Karos Zimmer. Wirklich riesig! In Weiß gestrichen, nur eine Wand leuchtet pink. Und der Teppichboden hat genau die gleiche Farbe.

„Echt flashig! Genau so hab ich es mir gewünscht!" Nicht zu fassen, meine Nervschwester ist zufrieden!

„Schau mal, ein eingebauter Kleiderschrank." Sie öffnet die Wandtür. „Boa, das ist ja wie ein kleines Ankleidezimmer. Verschärft!"

Ich grinse. Mit ihren drei Milliarden Klamotten und Handtaschen kann sie so was schon gebrauchen. Aber dann halte ich es nicht mehr aus und schaue vorsichtig nach rechts, in mein Zimmer.

Jippie! Die Wände sind wirklich, wie ich es Mama und Papa erklärt habe: gelb, mit ganz leichtem Glittereffekt. Dazu passt der megaplüschige Teppich. Das absolute Highlight ist natürlich das neue Himmelbett. Zugegeben – nicht ganz so groß wie das auf dem Poster, aber es hat einen wunderschönen Betthimmel. Zufrieden gehe ich hin und zähle die Kissen: zehn. Okay, das muss reichen.

Schnell ziehe ich meine Schuhe aus und setze meinen Fuß auf das weiche gelbe Teppich-Meer. Fühlt sich gut an, so als würde man auf Watte laufen. Und dann lasse ich mich auf mein neues Bett fallen – in meinem neuen Zimmer – in meinem neuen Zuhause!

Ob ich das alles hier bald ganz normal finden werde?

Schon komisch: Vorgestern war ich noch in meiner alten Schule. Gestern heulend bei Sorina – und jetzt hock ich hier.

Schluck.

Langsam rapple ich mich wieder hoch und fange an, eine

der großen braunen Umzugskisten auszuräumen, die schon neben dem neuen Bücherregal aufgestellt sind.

Karo hat offensichtlich als Erstes die Musikanlage aufgestellt. Laut wummert ein Schmachtlied durch die Wände. Sonst steht sie ja mehr auf Hip-Hop. Aber das hier lief in der alten Wohnung in den letzten Tagen in Dauerschleife. Ich nenne es „das unsagbar furchtbar schmalzige Tom-und-Karo-Lied".

Kopfschüttelnd fische ich ein paar Bücher aus der Kiste und räume sie in das Regal. Da sehe ich meine rosa Geheimschachtel mit dem kleinen Schloss. Hier sind all die Zettelchen drin, die Sorina und ich uns in der Schule geschrieben haben. Auch die, auf denen steht, welche Jungs wir süß finden. Hochvertrauliches Material also! Die Kiste bekommt auf jeden Fall einen Ehrenplatz!, beschließe ich.

Nach zwanzig Minuten ist die erste Kiste leer. Auf dem Schreibtisch stapeln sich jede Menge Andenken und besondere Erinnerungsstücke: ein Foto von unserem alten Haus, ein Armband, das Sorina mir geschenkt hat. Und da ist natürlich noch das Foto von Sorina und mir, beim Performen im Staroutfit. Das haben wir vor ein paar Wochen mit Selbstauslöser aufgenommen und uns dabei halb totgelacht.

Ich schnappe mir die nächste Kiste und räume weiter.

Und Karo? Die sitzt nebenan und hört noch weitere 827-

mal das gleiche Schmusebackenlied. Mann, bin ich froh, dass ich noch nicht verknallt bin! Sonst wäre ich wahrscheinlich auch total fertig, von meinem Freund wegzumüssen. Aber irgendwie nehme ich Karo die ganze Geschichte nicht so richtig ab. Ich kann selbst nicht so genau sagen, warum – trotz ihrer ganzen Heulerei! Wann *ich* wohl meinen ersten Freund haben werde – und wie er wohl so aussehen wird. Vielleicht ein bisschen wie Chris?

Hä? Ich stutze. Was ist das jetzt? Nach einer Weile mischt sich nämlich noch ein anderes Geräusch in die Tom-und-Karo-Ballade.

Verwundert lasse ich das Buch sinken, das ich gerade ins Regal räumen wollte. Komisch – sind das Trommeln? Ich gehe zum Fenster und öffne es einen Spalt. Klar! Da trommelt jemand. Wahrscheinlich in der Wohnung über uns!

In diesem Moment verstummen die Klänge, und wieder höre ich nur noch die Musik von nebenan: *Cry me a river*.

Hm, wer wohl da oben wohnt?, frage ich mich.

„Alle mal schnell herkommen!", tönt da auf einmal Paps' Stimme durchs Haus, gefolgt von einem entnervten „Thomas-was-ist-denn-jetzt-wieder-kaputt?"

Neugierig verlasse ich mein Zimmer, und selbst Karo kommt aus ihrer Höhle geschlurft. Mama ist offensichtlich damit beschäftigt, im Schlafzimmer Kleider einzuräumen, und sieht meinen Vater misstrauisch an.

Aber der deutet nur ganz vergnügt auf den Boden, wo er eine Decke ausgebreitet und einige Kissen verteilt hat. „Darf ich einladen? Wir speisen heute Abend in unserer orientalischen Oase."

„Ein Picknick? Auf dem Boden?", fragt meine Mutter zweifelnd. „Einfach so?"

Paps steht auf und wirft eine CD aus unseren letzten Sommerferien ein: „Ich hab was vorbereitet", erklärt er stolz.

Jetzt muss Mama doch lachen, weil er sie auf die Decke zieht. „Komm, du Wüstenschönheit", säuselt er. „Es gibt Datteln mit Speck. Die magst du doch so."

Dann zwinkert er Karo und mir zu. „Essen gibt es massenhaft in der Küche. Könnt ihr das mal holen?" Sogar Karo sieht etwas weniger miesepetrig aus, als wir kurz darauf schwer beladen aus der Küche zurückkehren und Köstlichkeiten auf unsere Teller häufen.

„Und, wie findet ihr eure Zimmer nun?", fragt Paps in fröhlichem Ton.

Karo legt sofort los. „Na ja, ist ganz okay. Der Wandschrank ist schon super. Man müsste natürlich noch einen riesigen Spiegel hineinkleben. Oder ...", ihre Augen nehmen einen verklärten Ausdruck an, während sie sich eine Dattel auf die Gabel spießt, „... kann ich mir Schuhboxen einbauen lassen? Ihr wisst schon: solche, die sich dann auf Knopfdruck drehen und die Schuhe nach vorne liefern."

Ich schüttle stöhnend den Kopf. Ich sag's ja, meine Extrawurst-Schwester! „Das Einzige, was sich hier dreht, ist der Vogel, den du hast", teile ich ihr mit und lasse den Finger an der Stirn kreisen.

„Wie bitte? Du frecher Mistkäfer, ich glaube, es geht los!!"

„Moment mal!", unterbricht Paps' laute Stimme unseren Streit. „Ihr habt da was missverstanden. Mistkäfer stehen heute nicht auf der Speisekarte. Und wer jetzt keine Ruhe gibt, muss alleine abwaschen."

Karo und ich schauen uns einen Moment an – und schließen schweigend Waffenstillstand.

Für ein paar Minuten kauen wir alle friedlich vor uns hin. Aber dann leckt sich meine Schwester frisch gestärkt die Lippen und holt tief Luft: Um so einigermaßen überleben zu können, bräuchte sie ein eigenes Telefon im Zimmer. Also? Sie sieht meine Eltern fragend an.

Als die nicht sofort mit Freudensprüngen reagieren, beendet sie kurzerhand den Waffenstillstand und flippt ohne jede Vorwarnung aus: „Wer sagt denn, dass ich nur Tom anrufen will? Wenn ich immer das Handy nehme, meckert ihr doch auch nur! Und überhaupt, Hauptsache, euch geht es gut, oder was?" Wütend stürmt sie in ihr Zimmer und lässt uns auf der Deckenoase zurück.

„Wie kann man nur so zickig sein", rutscht mir raus.

Papa schüttelt nur den Kopf, während Mama mich ansieht und erklärt: „Schau mal, Lilli, es ist nicht leicht. Deine Schwester ist grad in der Puber…"

Also, geht's noch, oder was? Ich starre meine Mutter fassungslos an. Karo kann sich ja wohl echt alles erlauben …

Aber bevor ich mich noch mehr über meine Schwester aufrege, fällt mir etwas ganz anderes ein. „Sagt mal, wisst ihr eigentlich, wer in der Wohnung über uns wohnt?"

„Ich glaube, der Makler hat was von einer Familie gesagt." Meine Mutter runzelt angestrengt die Stirn. „Mehr weiß ich auch nicht. Aber geh doch einfach mal hoch. Zum Hallo sagen!"

Hallo sagen? Wozu denn das? Ich brauche niemanden. Bis auf Sorina.

„Sag mal, Lilli", wechselt meine Mutter das Thema. „Wie sieht's aus. Hast du schon deine Sachen gefunden? Du brauchst doch morgen irgendetwas zum Anziehen."

Oh Schreck! Zu Hause hätte ich mit Sorina eine Kleiderbesprechung veranstalten können. Jetzt bleiben mir wohl nur Mama und mein Spiegel.

Mir ist ganz flau – wenn ich es bloß schon hinter mir hätte! Was hat Sorina gesagt? „Warte mal ab, vielleicht ist deine neue Klasse ganz nett!"

Na, hoffentlich hat sie recht.

Ehrlich, ich hab ein ganz, ganz mulmiges Gefühl …

Als ich mich am nächsten Morgen auf den Weg zur Schule mache, ist mir nicht mehr nur mulmig, sondern mächtig übel vor Aufregung. Mama fährt uns ausnahmsweise. Heute Mittag geht's dann mit dem Schulbus wieder zurück. Es gibt ja eine „Ach-so-tolle-Schulbus-Verbindung".

Versonnen schaue ich aus dem Fenster, ohne wirklich etwas mitzubekommen. Ich denke nämlich gerade an was ganz anderes.

200 km trennen mich von meinem alten Zuhause.

Zweieinhalb Autostunden, wenn Mama fährt.

Bei Papa eine Stunde weniger.

Neunzig Minuten – ist gleich eine Stunde und dreißig Minuten mit dem Zug.

Seufz.

Viel zu früh sind wir am Ziel, und fast muss ich lachen. Das ist ja voll die Miniaturschule. Im nächsten Moment stiefeln wir drei auch schon zum Eingang und durch den Flur zum Sekretariat.

„Tschüss ihr zwei, und haltet die Ohren steif." Mama winkt uns noch mal zu, dann verschwindet sie wieder nach draußen. Die hat's gut!

Karo wird als Erste von der Klassenlehrerin abgeholt. Meine Nase kribbelt, als ich das strenge Gesicht der Lehrerin sehe. Die sieht aus wie diese Durchgeknallte aus dem Gruselschocker, den Karo sich neulich angeschaut hat.

„Lilli Egner?"

Erschrocken drehe ich mich um.

„Ich bin Stefanie Herrlich, deine Klassenlehrerin."

Puh. Mann, mir fällt ein oberdicker Stein vom Herzen. Diese Frau macht einen richtig netten Eindruck: mit ihren langen braunen Locken, die dauernd hin und her wippen. Sie scheint zu merken, wie nervös ich bin, und während wir in Richtung Klasse gehen, redet sie die ganze Zeit freundlich auf mich ein: „Du musst dir keine Sorgen machen", sagt sie lächelnd. „Es ist immer schwer, mitten im Schuljahr die Klasse zu wechseln, aber du wirst dich bestimmt prima einleben."

Mit wackeligen Beinen laufe ich neben ihr her und starre beim Laufen Halt suchend auf meine Füße. Ich habe nämlich extra die superneuen Turnschuhe mit den kleinen glitzernden Kirschen angezogen. Brandneu: gerade vor zwei Wochen gekauft. Auch schweineteuer, aber Sorina meinte, das gibt genau den richtigen Glitzerfaktor und wäre Pflicht. Und deswegen müssen die Schuhe jetzt als Glücksbringer herhalten.

Also strengt euch an!, versuche ich, sie in Gedanken zu motivieren. Unglaublich, es wirkt. Ich bin schon fast ein bisschen ruhiger …

… bis wir vor dem offenen Klassenraum ankommen.

„Ey, Mann, Fabi, du stinkst", grölt es uns sofort entgegen.

Oh Mann – ausgerechnet so ein Spruch ist das Erste, was ich von meiner neuen Klasse mitbekomme. Nicht gerade beruhigend!

Frau Herrlich neben mir zuckt merklich zusammen. „Könnt ihr eure Körperhygiene bitte in der Pause besprechen? Danke."

Langsam kehrt Ruhe ein. Aber das liegt wahrscheinlich nur daran, dass mich jetzt alle neugierig anstarren. Im Vergleich zu mir, „der Neuen", ist wohl selbst dieser Fabi langweilig. Na toll! Am liebsten würde ich einen Zauberspruch aufsagen, der mich unsichtbar macht.

„Das hier ist Lilli Egner", erklärt Frau Herrlich nun. „Sie kommt aus Berlin und ist gerade erst hierhergezogen. Ab heute ist sie in unserer Klasse. Also …" Wieder lächelt sie mich an: „Herzlich Willkommen, Lilli!", was mit Gemurmel und Genuschel aus der Klasse erwidert wird. Aber das Gestarre geht weiter.

Echt, ich fühl mich von Sekunde zu Sekunde bescheuerter und schaue mich unauffällig um. Ungefähr 20 Schüler – für meinen Geschmack viel zu viele Augen, die mich erwartungsvoll anglotzen. Jetzt nur keine Panik aufkommen lassen!

„Mal sehen, wo du sitzen kannst." Frau Herrlich überlegt kurz. „Setz dich doch am besten neben … ja dort neben Fabian."

Leises Gekicher folgt, und ich blicke in das rundliche Gesicht eines Jungen, der genauso wenig begeistert wirkt wie ich.

Ich hole tief Luft. Jetzt muss ich nur noch zum Tisch kommen.

Das werde ich ja wohl hinkriegen ... doch dann ... nimmt das Unglück seinen Lauf: Einen Moment lang achte ich nicht so genau darauf, wo ich hintrete, stolpere über so eine blödeTasche, die an einem Tisch lehnt – und finde mich auf dem Boden wieder, mit Nase nach unten.

Oh nein, oh nein, oh nein!

Wie grottenpeinlich ist das denn?! Natürlich lachen jetzt wieder alle. Und zwar nicht mehr über Fabian, sondern über mich. Mühsam rappele ich mich wieder hoch, mit einem Gesicht, das ungefähr genauso rot ist wie die Turnschuhkirschen.

Tolle Glücksbringer!

Ich zögere und will so tun, als wäre das alles nicht so schlimm. Versuche sogar, ein bisschen zu lächeln, als plötzlich eine Stimme loskreischt: „Hey Miss Tollpatsch! Tolle Vorführung, du passt prima zu Fabi."

„Paula, kannst du bitte deine Kommentare lassen!", weist Frau Herrlich die Kreischtante an. Die daraufhin zwar leiser wird, aber immer noch kichert und ihre Banknachbarin in die Rippen stößt.

Mit dem letzten bisschen Restwürde setze ich mich hin und packe mein Mäppchen auf den Tisch.

Ich hab's ja gewusst, dass dieser Umzug Mist ist. Ach was – Mist ist die Untertreibung des Jahrhunderts! Ich schaue kurz zu dem blond gelockten Mädchen, und eins ist mir ziemlich schnell klar: Die macht hier total einen auf Klassenkönigin. Ständig fummelt sie sich in den Haaren rum, wirft dauernd den andern Mädchen soo bedeutungsvolle Blicke zu ... Die bestimmt ganz klar, wer angesagt ist und wer nicht.

Seufz. Wo bin ich hier nur reingeraten?

Ich schiele zu diesem Fabi hinüber, der eher genervt wirkt und mies gelaunt Männchen in sein Heft kritzelt. Möglichst unauffällig schnuppere ich in seine Richtung. Er stinkt natürlich nicht. Anscheinend bin ich in einer ziemlich biestigen Bande gelandet. Oder ist nur diese Paula so übel? Egal, egaler, am egalsten. Ich würde am liebsten einfach nur meine Sachen packen. Vom Unterricht bekomme ich natürlich kein Wort mit ...

Als es zwei unendliche Stunden später zur Pause klingelt, stehe ich langsam auf und schaue mich unsicher um.

In der alten Klasse war ich immer – wirklich immer! – mit Sorina zusammen. Und jetzt?

Fabi?

Hat sich turbomäßig in Luft aufgelöst. Und von den anderen interessiert sich anscheinend niemand für mich.

Zwei Reihen vor mir dreht sich ein Mädchen zögernd zu mir um. Moment, wie war ihr Name noch? Janina? Hm ... was würde Sorina in meiner Situation machen? Bestimmt einfach hingehen, fragen, ob sie mir zeigen kann, wo man hier was essen oder trinken kann ...

Ich überwinde meinen inneren Schweinehund – der gerade pfeifend in der Ecke steht, als ob ihn das alles nichts anginge –, mache einen todesmutigen Schritt in ihre Richtung – doch Paula versperrt mir den Weg. Ich wünschte, ich könnte sie auf den Mond beamen.

„Hey Miss Tollpatsch! Pass mal lieber auf, dass du nicht noch mal hinfällst."

Ich nehme meinen Mut zusammen: „Was geht's dich an, was ich mache?"

Aber Paula scheint davon nicht beeindruckt. Vielleicht, weil ich nur halb so sicher bin, wie ich mich gebe? Immerhin klingt meine Stimme auf einmal so fiepsig wie die einer winzigen Feldmaus. Und wer hat schon vor Feldmäusen Respekt? Paula jedenfalls nicht.

„Ich mache mir nur Sorgen, dass du dir wehtust", behauptet sie und mustert mich spöttisch. „Wahrscheinlich liegt es aber einfach an deinen hässlichen Schuhen. Kein Wunder, dass man mit denen auf die Nase fällt."

Die beiden Mädchen, die neben Paula stehen, lachen mit. Davon angestachelt macht sie weiter in ihrem Text: „Im Ernst, wo kann man denn so was kaufen? Im Faschingsladen?"

Wieder zwinge ich mich zu einer Antwort: „In Berlin sind die total in."

„Ach ja? Hier bei uns sind die total abgesagt!" Mit diesem Spruch dreht sie sich um und rauscht davon, die anderen im Schlepptau.

Janina, die alles mitverfolgt hat, steht immer noch unschlüssig herum, als Paula ihr plötzlich zuruft: „Janina – Lahmina! Kommst du mit runter, oder was?" Das Mädchen zuckt zusammen und dackelt den anderen brav hinterher.

Ich bleibe völlig frustriert stehen. Da kommt überraschend Fabi wieder zurück. „Soll ich dir den Schulhof zeigen?", fragt er, ein klein bisschen rot im Gesicht. Anscheinend hat es ihn ganz schön Überwindung gekostet, mich das zu fragen. Oder …

Vielleicht macht der sich jetzt auch noch über mich lustig? Aber ein Blick in sein Gesicht zeigt mir, dass er ganz bestimmt kein Fan vom Paula-Klub ist.

„Okay." Dankbar, dass ich nicht ganz alleine hier rumhängen muss, mache ich mich mit ihm auf den Weg. Ein bisschen verlegen latschen wir die große Treppe hinunter zur Aula, wo ein ziemliches Schüler-Gewusel herrscht.

Da kommt auf einmal Leben in Fabi. „Dort ist unsere Cafeteria, da gibt es übrigens tolle Schaumbrötchen. Die schmecken spitze."

Ich kann nicht anders, ich schiele unwillkürlich auf sein Bäuchlein und merke, wie sich mein Gesicht blöderweise zu einem Grinsen verzieht – das er jedoch sofort erwidert: „Ich weiß schon, ich sollte lieber keine mehr essen."

Ich lache erleichtert. Der scheint Spaß zu verstehen! „Ist doch egal", sage ich und meine das auch so. So dick ist er gar nicht. Außerdem gefällt mir, dass er sich von Paula anscheinend nicht beeindrucken lässt. „Ich kaufe mir auch gleich eins", verkünde ich. „Hab nämlich heute Morgen vor Aufregung keinen Bissen runterbekommen."

„Kann ich mir vorstellen. Neue Klasse und so." Einträchtig laufen wir zur Cafeteria und reihen uns in die Schlange ein. „Ich bin auch erst seit den Sommerferien hier." Er schaut sich um. „Aber die können mich nicht leiden, na ja, wahrscheinlich weil ich ... fett bin." Er zuckt mit den Schultern, so als wäre ihm das egal.

Aber das nehme ich ihm nun doch nicht ab. „Hm, ich finde, du bist nicht fett, eher ...", ich überlege, wie ich ihn trösten kann, und entschließe mich für die Wahrheit: „... ein bisschen kräftig, okay. Aber nicht *fett*. Diese Paula ist einfach nur eine dumme Pute. Auf die würde ich gar nicht hören. Ich kann sowieso nicht glauben, dass alle so eine toll finden."

Sofort kriegt Fabi wieder diesen genervten Blick. „Stimmt, die ist wirklich ziemlich beliebt. Zumindest sagt keiner was gegen sie. Ihr Vater ist halt stinkreich, sie haben nicht nur einen Pool, sondern auch einen Pferdestall hier in der Gegend. Da wollen die Mädchen eben alle kostenlos reiten gehen. Und die Jungs mögen sie, weil ihr Vater einen supertollen Sportwagen fährt und sie manchmal mitnimmt. Natürlich nur, wenn Madame Paula es wünscht."

„Verstehe." So etwas habe ich mir schon fast gedacht …

Endlich sind wir an der Reihe, und ich bestelle zwei Schaumbrötchen. „Du nimmst auch eins, oder?", frage ich Fabi.

Der scheint jetzt mit sich zu kämpfen, dann gewinnt wohl das Brötchen, denn er nickt: „Gerne."

Genüsslich kauend laufen wir kurz darauf wieder in Richtung Klassenzimmer.

Aber während Fabi ganz harmlos vor sich hin mampft, blubbern in mir fiese Gedanken hoch. „Ich glaube, ich nenne sie nur noch Pudel-Paula", platze ich schließlich heraus. „Weil ihre Haare so explodiert aussehen."

Fabi grinst. „Ich seh schon, du lässt dich von der auch nicht beeindrucken. Mann, bin ich froh, dass du in die Klasse gekommen bist!"

Ich kaue nachdenklich an meinem letzten Stück Brötchen. Das ist doch schon mal ein Anfang, sage ich mir und blicke kurz zu Fabi hinüber. Wenigstens einer in meiner Klasse, mit dem ich normal reden kann.

Na, lange währt meine gerade aufgekeimte Sicherheit nicht. Im Gegenteil, die wird gleich wieder plattgemacht: Kaum sind wir nämlich pünktlich zum Pausenende wieder in der Klasse, grölen Paula und ihre Busenfreundinnen im Chor: „Hallo Miss Tollpatsch!" Und als sie Fabian neben mir sehen, ruft Paula sogar noch: „Wow – ein neues Traumpaar!"

Gähn! Der Spruch ist ja so was von alt und langweilig! Aber diese Dumpfbacke bricht vor Lachen doch tatsächlich schier zusammen.

Ich blicke zu Fabian hinüber: Der hat jetzt auch den Kanal voll, das seh ich ihm deutlich an. Er schiebt sich auf seinen Stuhl, ignoriert das Gegacker um uns und sagt einfach gar nichts mehr.

Ich versuche das Gleiche, aber so langsam merke ich, dass ich ganz schön am Ende bin. Als die Pause vorbei ist und unsere Physiklehrerin hereinkommt, bin ich richtig froh: Jetzt hat wenigstens das Gequatsche ein Ende.

Trotzdem muss ich dauernd auf die Uhr sehen. Bitte, bitte, lieber Zeiger – dreh dich, so schnell du kannst, ich muss nach Hause und mich ausheulen.

Aber als ich zusammen mit Karo den Bus nach Hause nehme, rutscht meine Laune sogar noch eine Etage tiefer in den

Stimmungskeller. Ich versuche, ihr zu berichten, wie mies alles bei mir in der neuen Klasse läuft. Doch sie hört mal wieder gar nicht richtig zu.

„Ach komm, Lilli. Die haben hier eben einen anderen Ton drauf. Da gewöhnst du dich schon dran", brabbelt sie nur mit abwesender Miene und wechselt auch schon turboschnell das Thema. „Also wie gesagt, bei mir sind alle meganett. Ich sitze neben Julia, die ist meganett. Und der Klassensprecher Alex, der ist ..."

„Lass mich raten: meganett?", biete ich mit Unschuldsmiene an.

Karo knufft mir in die Seite. „Krümel, hör auf zu nerven, okay? Also, wo war ich? Ach ja! Dieser Klassensprecher Alex ..."

Einfach hoffnungslos, die Gute: vor zwei Tagen noch wegen Schmalzlocke geheult, heute findet sie irgendwelche Klassensprecher gut ... anscheinend gibt es bei ihr die einzige und wahre Liebe doch eher zweimal, oder wie? Und was bei mir passiert, ist ihr schnurzegal. Beleidigt schalte ich auf Durchzug und denke stattdessen an Zuhause. Oder zumindest an das, was sich jetzt unser Zuhause nennt. Irgendwie sehne ich mich auf einmal nach meinem neuen gemütlichen Himmelbett. Außerdem will ich dringend mit Sorina telefonieren. Die wird mir wenigstens zuhören. Bestimmt hat sie auch schon die ganze Zeit versucht, mich zu erreichen ...

Die Treppenstufen knarren richtig – so schnell, wie ich zehn Minuten später hoch in unsere Wohnung stürze. Ich kann es wirklich kaum erwarten, Sorina von diesem Horror-Schultag zu erzählen.

ZACK!

Der Ranzen wird erst mal im Flur geparkt. Jacke aus – und das Telefon geschnappt, gewählt … Wie jetzt? Verdutzt schaue ich auf den Hörer: „Kein Anschluss unter dieser Nummer?" Ach so, Vorwahl vergessen. 0–3–0. Schnell tippe noch einmal die Nummer ein – das fühlt sich gut und vertraut an. Beruhigend irgendwie, dass es so eine direkte Verbindung zu Sorina gibt. Da kann man glatt vergessen, dass wir 200 Kilometer voneinander entfernt sind.

Es klingelt ein Mal … zwei Mal … Ich stelle mir vor, wie sie ans Telefon springt …

… aber dann geht nur ihre Mutter ran und sagt mir, dass Sorina unterwegs ist.

„Okay, ja – klar", stottere ich. „Ähm … können Sie ihr bitte ausrichten, dass ich angerufen habe und dass sie mich zurückrufen soll? … Wie? … Ach so, ja, danke mir geht's gut … Ja, okay, ich richte meinen Eltern schöne Grüße aus, also tschüss dann!"

Enttäuscht lege ich auf.

Wieso ist Sorina bei einer Freundin zum Lernen? Welche Freundin überhaupt?

Mann, was für ein mieser Tag. Hoffentlich ruft sie wenigstens bald zurück!

Lustlos krame ich meinen Schülerkalender aus der Tasche. Was hatten wir noch mal auf? Grauenvoll! Das erledige ich später! Stattdessen drehe ich lieber die Musik ein bisschen auf. Dann ziehe ich mein glänzendes silbernes Stirnband über, greife mir meine Tücher und stelle mich in Position. Ich fange an, meine Arme zur Musik zu bewegen und die Tücher eines nach dem anderen zu werfen.

Ich würde auch supergerne mit Keulen jonglieren können, aber das ist am allerschwierigsten, weil die so unhandlich sind. Trotzdem, irgendwann schaffe ich das bestimmt auch noch. Und außerdem ... hm ... wenn ich mich so im Spiegel sehe ... Das sieht eigentlich schon jetzt ziemlich cool aus: wie die luftigen bunten Tücher eines nach dem anderen durch die Luft fliegen.

Während ich so dastehe, schweifen meine Gedanken ab, und auf einmal bin ich nicht mehr Krümel-Lilli sondern die umjubelte Star-Lilli: Wohin ich auch gehe, alle verfolgen mich mit bewundernden, neidischen Blicken ... Sogar Paula will auf einmal nur noch eines: meine Hausaufgaben machen. Hoheitsvoll ziehe ich eine Augenbraue hoch – leider nur in Gedanken, in echt übe ich noch – und teile ihr mit, dass meine Schwester schon Mathe und Deutsch übernommen hat. Ein Physikreferat wäre allerdings noch frei ...

Ich zucke zusammen.

Äh, was war das? Da war doch eben ein Geräusch am Fenster: ein lautes Knarren!

Erschrocken blicke ich nach draußen und sehe gerade noch ein Gesicht vor der Scheibe. Ein blasses Gesicht mit großen Augen!

Ich stolpere und falle völlig verdattert rückwärts aufs Bett.

Blinzelnd reibe ich mir die Augen und sehe mit klopfendem Herzen noch mal hin: nichts als Fenster – das Gesicht ist verschwunden.

Hm, habe ich mich eben doch zu sehr in meine Starträume reingesteigert? Sehe ich schon Dinge, die es gar nicht gibt? Ganz vorsichtig, in Zeitlupe und mit wackeligen Knien stehe ich auf und schlurfe zum Fenster, um mir Was-auch-immer-es-nun-ist genauer anzuschauen.

Ich lehne mich sogar ein Stück nach draußen.

Aber da ist nur der Garten, unser Auto in der Einfahrt, alles höchst unauffällig. Kein Gesicht, kein nichts. Abschätzend schaue ich nach unten. Nur ein Riese oder Spiderman könnten bei mir ins Fenster gucken. Notfalls auch eine Babygiraffe. Oder halt jemand mit einer Leiter. Aber nichts und niemand ist zu sehen. Und so rasch könnte man die Leiter ja nun wirklich nicht wegtragen … obwohl? Wäre ich bloß schneller gewesen und nicht gestolpert! Zu ärgerlich!

Ich schließe seufzend das Fenster und lehne meine Stirn an die Scheibe. Da sieht man's wieder: Das kommt alles von diesem Umzugsstress. Ich halluziniere sogar schon.

„Lilli-Maus ...", platzt da auf einmal meine Mutter mitten in meine düsteren Überlegungen hinein. „Ach, du übst, wie schön!"

Blitzschnell ziehe ich das Glitzerstirnband vom Kopf. „MENSCH MAMA, kannst du nicht lesen!" Atemlos stolziere ich zu meiner Mutter, die kopfschüttelnd an der Tür steht. Energisch zeige ich auf das große neue Türschild, das mir Paps geschenkt hat. „Bitte anklopfen!" steht darauf. Das gleiche hat auch Karo, und wenn *da* mal zufällig jemand den Fuß hineinsetzt, ohne vorher anzuklopfen, ist ein Tobsuchtsanfall vorprogrammiert.

Ehrlich! Die wird dann immer zur reinsten Automatik-Grölmaschine. Sorina und ich haben das mal ausprobiert.

Tür auf: „HUUUUAAAAA, wie könnt ihr einfach reinkommen?!"

Tür zu: Stille.

Tür auf: „HUUUÖÖÖ, wie könnt ihr es wagen?!"

Tür zu: Stille.

Echt lustig, fanden zumindest wir. Karo war ziemlich genervt. Jedenfalls klopfen wir alle inzwischen ganz brav bei ihr an – meistens jedenfalls. Aber bei Krümel-Lilli kann man sich das wohl sparen, oder wie?

„Ich wollte nur wissen, wie es meiner Tochter nach dem ersten Schultag geht. Wir sind alle in der Küche und wollen Muffins backen. Magst du mitmachen?"

Muffins?

Na gut … Ich beschließe, Mama diesmal zu verzeihen und stürze schnell zur Anlage, um die Musik auszuschalten. Da fällt mein Blick noch mal zum Fenster.

Das mit dem Gesicht war fast ein bisschen unheimlich. Soll ich den anderen davon erzählen? Obwohl … lieber nicht. Das wäre das gefundene Fressen für Karo. Die sagt dann nur wieder, dass ich spinne. Und Mama meint bestimmt, dass ich zu viel vor mich hin träume.

Vielleicht klärt sich das noch irgendwie auf? Aber hoffentlich bald. Ich glaub zwar nicht an Gespenster, aber so nachts allein im Zimmer. Das ist plötzlich gar keine gemütliche Vorstellung mehr …

In der Küche steht Paps an der Kaffeemaschine. Karo schneidet Schokolade für die Füllung. „Wie war es denn nun heute in der Schule?", fragt Mama gespannt, während sie beginnt, Mehl in eine Schüssel zu sieben.

„Grauenvoll!", antworte ich wahrheitsgemäß. „Wir haben da so eine schrecklich eingebildete Zicke in der Klasse."

Doch das scheint niemanden sonderlich zu beeindrucken: „Das war doch nur der erste Tag, Lilli! Du wirst schon sehen, die müssen dich erst mal kennenlernen. Am Anfang ist so etwas immer schwer", meint Mama nur.

Schön wär's, denke ich und reibe die Orangenschale ab. „Aber Fabi meint, die ist immer so – einfach nur total gemein", setze ich nach und schaue misstrauisch zu Karo. Das Tollpatsch-Drama behalte ich lieber für mich.

„Fabi? So, so, wer ist das denn? Etwa der, mit dem ich dich heute in der Pause gesehen habe?" Karo grinst breit, worauf ich nur entnervt mit den Augen rolle. Oh Mann, was hat die jetzt wieder für ein Problem?

Aber bevor Karo weitere Kommentare ablassen kann, rückt mein Vater zu mir, streicht mir auch noch übers Haar und meint vollkommen gelassen: „Wart mal ab, so einen Goldschatz wie dich muss man doch einfach mögen."

Karo prustet natürlich prompt los. Und ich könnte vor Scham im Muffin-Teig versinken! So langsam komme ich mir hier wirklich vor wie eine Sechsjährige. Ausnahmsweise bin ich fast dankbar, als Karo wieder loslabert: „Also, bei mir war alles spitzenklasse ...", und schon beginnt ein langer, langer Bericht vom weltweit besten ersten Schultag, den man sich überhaupt jemals vorstellen könnte – auffällig unauffällige Anspielungen auf attraktive Klassensprecher inklusive.

Ich dagegen schalte ab und tu mir leid – wo das doch schon sonst keiner hier tut. Mit Grausen denke ich an morgen. Mann, ich hab so was von gar keine Lust, da wieder hinzugehen ...

Plötzlich horche ich auf. Mama erzählt gerade irgendetwas von: „... müsste in etwa Lillis Alter haben."

„Wer oder was ist so alt wie ich?", frage ich.

„Schnarchkrümel", murmelt Karo prompt.

Mein Vater schüttelt mich leicht an der Schulter. „Träumerin!", sagt er kopfschüttelnd und erklärt mir: „Mama erzählt gerade oscarpreisverdächtig die Geschichte unserer seltsamen Nachbarn von oben. Wo warst du denn mit deinen Gedanken?"

Bevor ich antworten kann, funkt Karo dazwischen. „Wahrscheinlich bei *Fabi*, oder?"

Ich schnaube nur.

Mama lächelt jetzt natürlich so wahnsinnig vielsagend, dass mir fast schlecht wird. „Dieser Fabi ist in deiner Klasse?", fragt sie interessiert. „Und ist er nett?

Karo lacht laut los: „Na, auf jeden Fall ist er ein bisschen FETT."

„Jetzt reicht's aber!" Meine Mutter schaut uns zwei empört an. „Müsst ihr eigentlich immer streiten?"

In Gedanken strecke ich Karo meine Zunge raus, drei Meter weit!

Mama blickt anklagend in die Runde: „Kann ich jetzt vielleicht auch mal weitererzählen?"

Alle in Deckung: Sie hat ihr Ich-werde-gleich-ungemütlich-Gesicht aufgesetzt!

„Wo war ich gleich?" Mama runzelt kurz die Stirn. „Ah, genau", sagt sie dann. „Die Frau ist Künstlerin, ihr Mann ist Regisseur, na ja, etwas ungewöhnliche Leute ... aber was ich eigentlich sagen wollte: Die haben eine Tochter, die heißt Therese. Und sie ist zwölf Jahre alt, genau wie du."

„Ihh, noch so ein Krümel", bemerkt Karo in einem absolut angewiderten Ton.

„Besser als noch so eine hysterische Pubertätstante", kontere ich.

Meine Mutter hebt derweil hilflos die Arme und schüttelt den Kopf: „Ich geb's auf."

Während Paps ihr die Schulter tätschelt und irgendetwas Beruhigendes murmelt, denke ich über diese Therese nach.

Was ist das überhaupt für ein komisch altmodischer Name? Wer heißt denn so? Und dann die Sache mit dieser Schule ... „Aber Mama", frage ich verwundert, „wenn sie so alt ist wie ich, müsste sie doch eigentlich auf die gleiche Schule gehen. Hier gibt es doch garantiert nur ein Gymnasium, oder?"

„Ja, darüber haben wir auch gesprochen. Anscheinend geht sie nicht auf deine Schule, sondern auf eine freie Schule in einer der umliegenden Städte"

„‚Freie Schule'? Was ist das denn?", fragen Karo und ich

gleichzeitig. „Kann man da machen, was man will? Abhängen und so?"

„Ja, das wäre schön, nicht wahr?" Mein Vater lacht gutmütig. „So genau weiß ich es auch nicht. Aber ich könnte mir vorstellen, dass es eine dieser Schulen mit etwas anderen Schulfächern ist. Manchmal haben die auch verschiedene Altersgruppen in einer Klasse."

Cool, denke ich. So was könnte ich jetzt auch gebrauchen, dann würde ich mich sofort in eine andere Klasse setzen. „Wie ist denn diese Therese so?"

Achselzuckend verteilt Mama Teig in die Muffinförmchen. „Keine Ahnung, sie war nicht da. Ihre Mutter meinte was von Training oder so. Vielleicht ist sie in einem Sportklub? Du kannst ja später mal hochgehen und klingeln!"

Na, ich weiß ja nicht ... Ich meine, Sportklub: Wie klingt denn das? Hört sich an wie so 'ne Mischung aus Sport-Tussi und Prinzessin. Und dann die Sache mit der freien Schule, dem Vater, der Filme macht, und dieser Mutter, die malt ... Die bildet sich bestimmt sonst was drauf ein ... Nee, danke – mein Zickenbedarf ist gedeckt.

Nachdenklich picke ich in den roten Zierkirschen herum, mit denen ich die Muffins noch dekorieren möchte: Pudel-Paula, ein seltsames Mädchengesicht an meinem Fenster, komische Nachbarn – bisschen viel für einen Tag. Zu dieser Therese gehe ich jedenfalls nicht.

Wirklich höchste Zeit, das alles Sorina zu erzählen. Seltsam, dass sie noch nicht zurückgerufen hat ...

Aber jetzt kommt gerade die erste Ladung Muffins direkt aus dem Ofen. Hmmmmm! Riecht das himmlisch. Mit meinen Dekokirschen bewaffnet, stürze ich mich auf die Muffins. Über Sorina kann ich auch später noch nachdenken ...

... und das mache ich dann auch. Sehr viel später – und sehr viel mehr, als mir lieb ist. Sorina ruft am selben Abend noch an, und es wird das kürzeste Telefonat, das wir je hatten: Sie erzählt nämlich, dass sie am Nachmittag mit Alisha gelernt hat und sie danach noch gemeinsam im Kino waren, und es klingt, als hätten sie jede Menge Spaß gehabt.

Ausgerechnet mit Alisha! ZWEI Tage, nachdem ich umgezogen bin. Echt, ich fass es nicht. Diese Kuh versucht sowieso schon die ganze Zeit, mir Sorina auszuspannen. Ich dachte immer, Sorina kann sie nicht mal leiden ...

Trotzdem sage ich das natürlich nicht laut, und so sind wir während unseres Mini-Telefonats beide irgendwie verlegen und wissen nicht so richtig weiter. Vielleicht, weil das mit Alisha eben doch auch für Sorina ein bisschen komisch ist. Oder weil ich plötzlich nicht mehr vom Stolper-Chaos und dem miesen Schultag erzählen will, keine Ahnung.

Nach zweieinhalb Minuten verabschieden wir uns.

„Lass uns telefonieren, und wir müssen uns unbedingt bald mal sehen. Ciao!“

„Klar, mach’s gut!“

Ich lege auf und starre das Telefon an. Ich habe nicht das Gefühl, dass sie mich vermisst. Oder spinne ich rum?

Ein Muffin zum Knuddeln

Am nächsten Morgen nehme ich mir ganz fest vor, alles anders zu machen. Ich tu einfach so, als könnte ich die Uhr zurückdrehen. Alles auf Start, das funktioniert bestimmt. Und immerhin kann ich heute meine Lieblingsjeans anziehen: Die war gestern ja noch in der Wäsche. Schnell kämme ich mir die Haare und benutze sogar etwas von Karos Haarspray, um meine Haare zu glätten. Superschick! Das macht mich irgendwie älter.

Doch als ich in der Schule ankomme, verfliegt mit jeder Minute ein bisschen mehr von meiner guten Laune. Erst einmal merkt kein Mensch, dass hier eine völlig neue Lilli steht. Na ja, außer Fabi: „Steht dir voll gut die Frisur." Dabei hat er gelächelt, und zwar ziemlich nett. Hab mich richtig gefreut.

Aber das ist auch der einzige Lichtblick. Im Physikunterricht verstehe ich nur Bahnhof, weil ich im Bett gestern noch so lange Musik gehört habe, dass ich nun kaum die Augen aufhalten kann. Der krönende Abschluss ist dann die Sportstunde.

Es sollen zwei Mannschaften gebildet werden. Zwei Mädchen dürfen die Mitglieder aussuchen. Endlich kann ich zeigen, was ich drauf hab. In Sport und Turnen bin ich ziemlich gut. Doch Pustekuchen! Gerade als Janina zu mir hinüberblickt – und ich habe es ihr angesehen, dass sie mich genommen hätte –, zupft Pudel-Paula an Janinas Ärmel und sagt so laut, dass es alle hören können: „Nee, komm! Miss Tollpatsch lassen wir lieber nicht in die Mannschaft. Wir wollen doch gewinnen."

Das war's dann natürlich. Irgendwie überstehe ich die Stunde und tu so, als wäre mir das alles wurscht. Wenigstens ist das die letzte Stunde, und danach mach ich, dass ich zum Bus komme.

Aber als ich endlich wieder daheim bin, ist es vorbei mit aller Zurückhaltung.

Noch nie habe ich zwei dermaßen miese Tage am Stück erlebt! Und bei Sorina kann ich mich auch nicht ausheulen: so komisch, wie die gestern am Telefon war. Ich schniefe in meine Kuschelkatze und tu mir wahnsinnig leid.

Da geht die Tür auf.

„Es wird schon wieder alles gut." Mama und Paps stehen in der Tür und lächeln mich an.

Schnell wische ich mir über die Augen. „Ihr habt schon wieder nicht angeklopft."

„Das ist ein Notfall", verteidigt sich mein Vater hastig. „Wir müssen dir wirklich ganz dringend etwas zeigen."

„Notfall?" Misstrauisch versuche ich, in ihren Gesichtern zu lesen. Was Gutes oder was Schlechtes? Mein Bedarf an Bad News ist nämlich bis Weihnachten gedeckt. Ich hieve mich hoch und wanke, immer noch etwas zittrig von der Heulerei, zur Tür.

„War es so schlimm?", fragt meine Mutter leise.

Ich nicke so heftig, dass mir zu allem Übel auch noch schwindlig wird. „Und ob! Das war der Horror. Es läuft einfach alles schief!"

„Na, vielleicht nicht alles …", sagt mein Vater. „Ich glaube, es gibt etwas, das dich trösten könnte."

Irgendwie sieht es aus, als würde da etwas Gutes warten. „Was ist es denn?", bohre ich aufgeregt nach. „Haben wir Besuch oder so?"

Er legt verschwörerisch einen Finger auf den Mund. „Besuch? Och ja, so kann man es auch nennen."

Vielleicht ist es ja Sorina? Ich lege einen Schnellstart hin und stolpere mal wieder fast über meine eigenen Füße – so eilig habe ich es auf einmal, ins Wohnzimmer zu kommen. Bestimmt will sie sich entschuldigen, und wir sind wieder dickste Freundinnen.

„Wo ist denn jetzt die Überraschung?“ Enttäuscht blicke ich mich im komplett besucherfreien Zimmer um. „Hier?“, frage ich und hoffe, dass Sorina vielleicht in der Küche wartet. Aber Mama und Papa nicken im Einklang. Enttäuscht blicke ich mich um. „Haben wir neue Dekokissen, oder was?“, frage ich lustlos.

„Völlig daneben. Guck doch mal etwas genauer.“

Und da sehe ich es: Hinter dem Sofa steht etwas: ein großer Kasten, über den eine Decke gehängt ist. Was ist denn das?

Paps grinst zufrieden. „Ich glaube, du wirst die schon herunternehmen müssen“, fordert er mich auf.

Vorsichtig beginne ich, die Decke wegzuziehen und verziehe das Gesicht: ein braunes Plastikhäuschen? Ratlos schaue ich zu Mama und Paps. Ist das etwa irgendein ödes Möbelstück zum Zusammenbauen? Ich drehe es vorsichtig herum und sehe, dass sich an einer Seite ein kleines Gittertürchen befindet. Mit klopfendem Herzen knie ich mich davor und schaue direkt … direkt in ein paar wunderschöne grüne Augen, die mindestens genauso neugierig zurückschauen.

„Wow!“ Ich bin geplättet. Eine Katze! „Ist die für mich? Für mich allein?“

Alle Trauer ist vergessen. Als hätte ich Flummibrause getrunken, hüpfe ich durchs Wohnzimmer auf sie zu, drücke erst Mama, dann Paps und renne zurück zum Katzenhaus. „Moment!" Mein Vater holt den Kasten und stellt ihn auf den Teppich, mitten ins Zimmer.

Restlos begeistert knie ich mich hin und versuche, so vorsichtig wie möglich das Türchen zu öffnen. „Hey Kätzchen, komm mal her", locke ich, und – juchuh! – es scheint auf beiden Seiten Liebe auf den ersten Blick zu sein: MEINE Katze tapst unbeholfen MIR – ihrem neuen Frauchen – entgegen, stolpert dabei kurz an der Türschwelle ... Genial, die ist ja genauso tollpatschig, wie ich manchmal sein kann! Bei mir angekommen, schmiegt sie sich sofort an meine Hand und beginnt, den Motor anzuwerfen: SCHNURRRRRRRR! Megasüß! Das Fell glänzt schokobraun und ist samtweich. „Die ist soooo schön!"

„So ein Geschrei um eine stinknormale Katze", nörgelt es da auf einmal dicht neben mir.

Karo. Na klar! Doch diesmal tut sie nur so. Denn wie vom Blitz getroffen, fällt mein cooles Schwesterherz jetzt neben mir auf die Knie, um das kleine Knäuel zu streicheln. Dabei mäkelt sie natürlich weiter: „Aber wehe, sie kommt in mein Zimmer und zerkratzt meine Kleider oder Schuhe!"

Umso besser, denke ich. Es soll ja schließlich meine Katze sein und nicht Karos. Ihr zickiger Kommentar kann meine Hochstimmung nicht stören. „Du bist nur neidisch, weil du keinen Hund bekommst", murmle ich.

„Ach, ich glaube nicht, dass sie neidisch ist", schaltet sich da schnell meine Mutter ein. „Sie bekommt nämlich den Hip-Hop-Kurs in Düsseldorf gesponsert, der wirklich unverschämt teuer ist."

Mit erhobener Nase dreht sich Karo um ihre eigene Achse und legt ein paar schnelle Moves hin. „Genau! ICH habe bestimmt keine Lust, dauernd ein Katzenklo sauber zu machen." Mit überlegenem Gesichtsausdruck verschwindet sie in ihr Zimmer, wo sofort wieder die Musik angestellt wird.

Ich schaue zu meinem Kätzchen. Katzenklo sauber machen? Ist mir doch piepegal. Ich würde auch Gassi gehen, mitten in der Nacht. Ich wünsche mir schon so lange eine Katze ... Da fällt mir noch etwas ein: „Sagt mal, wie heißt sie denn? Ist es ein Mädchen oder ein Junge?", frage ich.

Mama lächelt mich an. „*Er* hat noch keinen Namen. Wir dachten, dass du das entscheiden solltest."

Das muss ich mir gut überlegen. Charly? Oder Max? Der Name soll ja auch zu ihm passen. Ich beobachte den kleinen Kater, der sich gerade auf meinem Schoß zu einem dunkelbraunen Fellknäulchen zusammenrollt, und streichle ihn vorsichtig hinterm Ohr. Ich habe wohl den Frauchen-Test bestanden. Zufrieden leckt er sich über die rosige Nase.

Und dann weiß ich es: „Er heißt Muffin!", verkünde ich feierlich. „Schaut mal, sein Fell ist so dunkel wie Schokolade, er ist genauso süß, und die rosa Nase sieht haargenau so aus wie eine kleine Muffin-Dekokirsche." Ich schaue ihn an und rufe: „Muffin, Muffin!"

Mit trägem „Was gibt's?"-Blick schaut das kleine Fellbüschel zurück.

„Seht ihr? Er hört sogar schon, wenn ich rufe!"

Mein Vater nickt. „Ja, ich glaube, er ist einverstanden. Im Übrigen haben wir ja noch mal Glück, dass du ihn nicht Müsli, Pfannkuchen oder Donauwelle nennen willst."

Ich kichere leise in mich hinein: Schule, nervende Schwestern, treulose Freundinnen – all das erscheint grad gar nicht mehr so schlimm. Während ich Muffin streichle, steigt so ein wundervoll warmes Gefühl in mir auf. Plötzlich denke ich, dass meine Eltern vielleicht ausnahmsweise recht haben könnten: Vielleicht renkt sich wirklich alles ein. Und überhaupt: Das hier ist alles viel zu aufregend. Wichtiger als jede Pudel-Paula ist im Moment die Frage, wo mein Kater schlafen wird und was er frisst.

Als könnte sie Gedanken lesen, kommt meine Mutter auch schon angerannt und übergibt mir ein Katzenkörbchen. „Katzen mögen es gerne kuschelig", erklärt sie. „Darin fühlen sie sich sicher. Und wenn wir mal zum Tierarzt müssen, können wir ihn darin transportieren. Das ist einfacher als in der großen Transportbox. Die geben wir morgen zurück, ist nämlich nur vom Tierheim geliehen."

„Aus dem Tierheim?“, rufe ich erstaunt. „Aber er ist doch so klein! Wer setzt denn so was Süßes aus?!“

Mein Vater schüttelt den Kopf. „Ihn hat niemand ausgesetzt – aber seine Katzenmama, die vor ein paar Wochen sechs Kätzchen bekommen hat.“

Besorgt schaue ich zu Muffin. „Ob er seine Geschwister vermisst?“

„Du bist jetzt sein Frauchen“, versichert mir Mama. „Und bei dir hat er es viel besser als im Tierheim. Die anderen haben im Übrigen auch alle schon ein Zuhause gefunden.“

Okay. Da bin ich ja beruhigt. Ich schnappe mir den Korb. „Der wird in meinem Zimmer aufgestellt!“

Prompt kriegt Mama wieder ihren skeptischen Blick. „Du wirst sehen, Katzen können nachts ganz schön aktiv werden“, warnt sie mich.

„Ach, das ist mir egal!“ Ich gerate richtig ins Schwärmen. „Meinetwegen kann er auch in meinem Bett schlafen. Wenn's sein muss, stehe ich sogar dreimal in der Nacht auf, zum Füttern oder so.“

Meine Mutter lacht. „Wie das mit dem Füttern funktioniert, erkläre ich dir später. Der Napf steht schon in der Küche, aber wir müssen mehr Dosen kaufen, Streu auch noch.“

Katzenshoppen, wie aufregend!

„Da komme ich natürlich mit", verkünde ich, und nachdem ich mich fünf Mal von Muffin verabschiedet und Papa klargemacht habe, dass er auf ihn aufpassen muss, düsen Mama und ich los.

Der Nachmittag vergeht blitzschnell mit Besorgungen: Katzenstreu, Katzenfutter, Katzenkräcker. Zum Schluss *muss* ich einfach noch eine kleine graue Spielzeugmaus mitnehmen. Da geht ein bisschen Taschengeld drauf, aber es muss wirklich sein.

Wieder zu Hause, zeige ich Muffin alles ganz genau. „Siehst du, hier wirst du schlafen." Verkünde ich laut. Ganz leise flüstere ich ihm jedoch zu: „Aber es würde mir rein gar nichts ausmachen, wenn du lieber in meinem Bett schlafen möchtest!"

In der Küche fülle ich seinen neuen Napf mit Katzenfutter und himmle ihn an, während er sein Fressen in sich hineinschlabbert. Das alles ist so spannend, da müsste es doch eigentlich jedem einleuchten, dass Hausaufgaben im Vergleich dazu absolut unwichtig sind. Aber da steh ich wohl alleine mit meiner Meinung.

Mama ist jedenfalls nicht von meinem Standpunkt zu überzeugen. „Keine Diskussionen mehr. Deine Katze läuft dir ja nicht weg. Da kannst du die Stunde Hausaufgaben gut ohne ihn überstehen."

Also, ich kenne Mama seit zwölf Jahren. Und das ist einer dieser Momente, in denen ich jedes Argument der Welt bringen könnte – es wäre ihr egal. Also kann ich mich genauso gut gleich an meine Aufgaben setzen.

Kaum bin ich am Schreibtisch, verspüre ich jedoch so eine unendliche Müdigkeit. Gähn! Physik – wozu brauche ich das bloß?

Zwischendurch muss ich außerdem immer wieder zu Muffin schielen: Der hat es sich jetzt nämlich im Körbchen bequem gemacht, und ich könnte ihn die ganze Zeit einfach nur knuddeln. Er sieht auch ein bisschen müde aus und leckt sich übers Fell.

„Weißt du, Muffin", erkläre ich ihm ernst. „Physik kann ich nicht so gut. Die Lehrerin ist ganz okay, aber seien wir mal ehrlich: So schnell, wie die Klemm redet – da kommt keine Normalsterbliche mit."

Fabi hat versucht, mir was zu erklären, nur leider ist auch er nicht gerade ein Physik-Genie. Na ja, dafür hat er mir heute im Englisch-Unterricht echt geholfen, als ich auf dem Schlauch gestanden hab. Paula, unsere Klassenoberzicke, hat natürlich gleich wieder einen völlig bescheuerten Spruch gebracht. Aber Fabi ist ganz cool geblieben. Er meint, die wird von ganz allein damit aufhören. Hoffentlich hat er recht. Seufzend blättere ich weiter im Buch.

RATSCH.

Muffin hat seinen Müdigkeitsanfall von eben wohl überwunden. Jetzt spielt er mit den Schnürsenkeln von meinen Turnschuhen.

„Ja, genau Muffin, das sind die Schuhe, mit denen das Stolper-Drama angefangen hat." Als hätte er mich verstanden, hackt Muffin mit seinen kleinen scharfen Krallen danach.

Das sieht so witzig aus, dass ich laut lachen muss. „Los, mach sie fertig!", feuere ich ihn an, und er gibt alles. Unermüdlich nimmt er Anlauf und springt hinterteilwackelnd auf seine Opfer zu.

Da rummst es oben plötzlich so laut, dass die Decke wackelt.

Muffin macht einen riesigen Hopser nach hinten.

Rumms – schon wieder.

„Was ist das denn für ein Krach?

Ich nehme Muffin auf den Schoß, und wir beide schauen erwartungsvoll an die Decke. Als würde gleich etwas Unglaubliches passieren.

Rumms – Pause – Rumms – Pause.

Ich schüttle fassungslos meinen Kopf. Das hört sich an, als würde ein Elefant Seilspringen üben. Nochmal „RUMMS", dann ein Klirren, woraufhin Muffin sein Näschen in meinem Pullover vergräbt.

Beruhigend kraule ich Muffin am Kinn und überlege laut: „Ob das diese Therese ist?"

Der Kater spitzt seine Ohren und schaut mich mit großen Augen an. Als würde er sagen wollen: „Los, schau mal nach."

Entschieden schüttele ich den Kopf: „Nö, keine Chance – da gehe ich nicht hoch."

Ein echt seltsames Mädchen ...

Wo Fabi nur bleibt? Ich seh mich suchend um. In den letzten Tagen sind wir immer gemeinsam mit dem Bus nach Hause gefahren. Ach, da kommt er ja. Er lächelt und nickt mir neugierig zu. „Hey Lilli, was wollte die Herrlich denn noch von dir?"

„Ach, mir noch erklären, was ich bei den letzten Hausaufgaben falsch gemacht habe", antworte ich abweisend.

So ganz will ich nicht einmal vor Fabi damit herausrücken, worüber ich mit unserer Lehrerin gesprochen habe. Sie wollte mich nämlich so ein bisschen befragen, wie es mir in ihrer Klasse gefällt. Was hätte ich denn sagen sollen? Ihspuck-würg? Könnten Sie bitte Paula von der Schule werfen?

Egal, egaler, am egalsten – ändert ja doch nichts.

„Hoffentlich ist der Bus bald mal da", nörgle ich stattdessen. „Muffin wartet bestimmt schon auf mich."

Fabi rollt mit den Augen. „Ach, das Katzen-Teil."

Vorwurfsvoll schaue ich ihn an. Rasend interessiert klingt das nicht gerade. Aber okay – er musste sich in den letzten Tagen auch schon ziemlich ausführliche Berichte über meinen Kater anhören. Jetzt ist sein Bedarf anscheinend gedeckt.

Entschuldigend reibt er über seinen Bauch. „Ich kann mir nicht helfen, immer wenn du von Muffin redest, bekomme ich einen Riesenhunger."

„Ach ja? Du bekommst *immer* Hunger!"

Fabi ignoriert meinen Kommentar. Stattdessen teilt er mir zum x-ten Mal mit: „Ich hätte ihn echt anders genannt, vielleicht Ronaldo, oder Schweini, wie die Fußballer."

Jetzt rolle *ich* mit den Augen: „Typisch Junge."

„Ah, da kommt er!"

Ich schnappe mir meine Tasche und quetsche mich zusammen mit Fabi in den wie immer überfüllten Bus.

„Schau mal!" Begeistert fuchtelt Fabi auf einmal mit dem Finger. „Die Imbissbude dahinten. Dort gibt es die weltbesten Pommes rot-weiß."

Ich mache ein wichtiges Gesicht. „*Aha*. Na, das kommt natürlich auf meine Mampf-, äh, Stadtbesichtigungsliste."

Prüfend schaut er mich an, und als er sieht, wie ich das Grinsen nicht mehr unterdrücken kann, stupst er mir in die Rippen. „Hey, du kannst ganz schön frech sein. Immerhin sprichst du hier mit einem echten *Gourmet*! Warte ab, bis ich dir die beste Pizzeria der Stadt gezeigt habe!"

„Ach, was! Jetzt bin ich soo glücklich", kichere ich. „Pizza liebe ich ganz besonders."

Er grinst breit. „Na, jetzt finde ich dich natürlich noch sympathischer."

So geht das noch eine ganze Weile hin und her, bis wir bei Fabis Haltestelle angelangt sind. „Also, bis morgen!" Ganz schnell setzt er dann hinzu: „Ist doch eigentlich nett, immer zusammen zu fahren, oder?" Und schon ist er draußen.

Ich muss lächeln. Stimmt, das ist wirklich nett!

Kurz darauf biegt der Bus auf die Hauptstraße, und beim Grüngarten steige ich aus und rase in Richtung Villa. Seit Muffin da ist, habe ich es *noch* eiliger, aus der Schule und nach Hause zu kommen. Rasch husche ich in die Wohnung und rufe wie gewohnt: „Hallo, jemand da?"

Ich hänge meine Jacke an den Haken und lausche. Keine Antwort, Stille im Wald sozusagen. Schulterzuckend nehme ich meine Tasche und mache mich auf in Richtung Zimmer. Karo hat ja erst später Schule aus, und Mama ist bestimmt einkaufen. Aber das macht mir gerade gar nichts aus – ich hab ja Muffin.

Wo ist der übrigens? Meistens kommt er mir doch schon im Flur mit einem Begrüßungsschnurrer entgegen. Heute jedoch – kein Kater, kein Schnurrer!

„Muffin ... Muffin ... komm her“, rufe ich erst leise, dann ein bisschen lauter. Doch nichts rührt sich.

Hm ... vielleicht hält er ein Nickerchen?

Ich gehe in mein Zimmer, doch das Weidenkörbchen mit der rosa Kuscheldecke ist leer. Auf dem Bett liegt nur Muffins Plüschkatzenbruder – jetzt nicht mehr mein heimlicher Tröster, sondern Muffins offizielles Spieltier.

Im Wohnzimmer und im Schlafzimmer meiner Eltern suche ich genauso vergeblich.

Jetzt bleibt nur noch eins: Karos Zimmer. Sicherheitshalber klopfe ich kurz an, doch es bleibt wie erwartet still. Okay, sie ist nicht da. Aber vielleicht hat sie Muffin heute Morgen aus Versehen dort eingesperrt?

Langsam öffne ich die Tür und werfe einen Blick hinein. Der Kleiderschrank ist anscheinend doch nicht groß genug, denn auf dem Boden liegt ein riesiger Kleiderberg. Ich bin echt beeindruckt. Kein Wunder, dass Karo so oft über Taschengeldschwund klagt. Sie hat sogar noch mehr Klamotten als Sorina.

Hm ... ich sehe mich noch einmal um ... wenn ich eine Katze wäre, würde ich das hier bestimmt ziemlich gemütlich finden. Also lege ich eine schnelle Durchwuschel-Suchaktion ein, aber ohne Erfolg.

Er ist doch nicht etwa irgendwo anders eingesperrt? Immer unruhiger durchforste ich noch mal jeden kleinsten

Winkel, öffne sogar den Mülleimer – man weiß ja nie, was kleine Katzen so alles erforschen wollen ... Da kommt mir ein schrecklicher Gedanke: Was, wenn er durch die Wohnungstür gewitscht und weggelaufen ist? Auf einmal habe ich das Bild meines armen verlassenen Muffins vor Augen. Zitternd vor Angst und jammervoll miauend, irgendwo da draußen. Ich muss ihn retten!

Schneller als der Schall öffne ich die Tür und bin schon die halbe Treppe runter, als ich ein Geräusch höre.

Maaaaauunnzz!

„Muffin!" Aufgeregt schaue ich mich um. „Muffin, wo bist du?"

Und dann begreife ich es: Das kommt von oben! Wie festgefroren bleibe ich stehen, bis mich ein noch dringlicheres Maunzen aus meiner Starre weckt.

Ich hechte die hölzernen Treppenstufen nach oben und atme tief aus: Vor der fremden Wohnungstür hockt der Ausreißer und jammert vor sich hin.

„Muffin! Was machst du denn hier?!"

Vorwurfsvoll, aber auch total erleichtert gehe ich zu ihm. „Das ist doch gar nicht unsere Wohnung!", erkläre ich ihm und kraule seinen Kopf.

Da raschelt es plötzlich hinter der Tür. Ich zucke zusammen. Da ist jemand, das spüre ich. Auf Small Talk mit komischen Nachbarn habe ich ja grad gar keine Lust. Muffin maunzt noch einmal, ich bücke mich, um ihn hochzunehmen. Jetzt bloß schnell weg, sonst …

Langsam beginnt sich die große hölzerne Tür zu öffnen. Quietsch, quietsch. Zentimeter für Zentimeter für Zentimeter. Doch statt mich wie geplant wegzuschleichen, starre ich wie hypnotisiert auf den immer größer werdenden Türspalt. Muffin springt mir in die Arme, und verwirrt warte ich ab. Was kommt jetzt?

Ein Mädchen.

Sie sieht eigentlich ganz normal aus, während sie so aus der halb offenen Tür zu mir und Muffin hinaussieht.

Ich blinzle. Das muss diese Therese sein.

Sie ist etwa so groß wie ich, denn wir können uns direkt von Auge zu Auge anschauen. Außerdem hat sie die gleiche Frisur wie ich: schulterlange Haare, langer Pony, der ihr fast in die Augen hängt. Aber während meine Haare karamellbraun und meine Augen katzenhaft grün sind, blickt mir das fremde Mädchen mit engelsgleich blonden Haaren und blauen Augen entgegen.

Die ist aber hübsch, denke ich grade … dann stutze ich: Sie kommt mir irgendwie bekannt vor. Aber woher bloß?

„Ja?", fragt das Mädchen.

„Hi. Ich, äh, bin Lilli. Ich wohne unten und habe meine Katze gesucht, die hat sich …"

Ein Schrei unterbricht mein Gestotter.

„Ist die süüüüüüß, die ist ja noch ganz klein!" Der blonde Engel reißt die Tür ganz auf. Jetzt kann ich das Mädchen am Stück betrachten. Engel hin oder her: Sie trägt auch nur Jeans und T-Shirt.

Aber WAS IST DAS?

Mit zitterndem Finger deute ich in Richtung Engelsohr.

„Sag mal, du weißt schon, dass du, äh, dass du da ..." Ich schlucke. „Du hast da eine Maus auf der Schulter."

„Das ist doch keine Maus!", protestiert sie und tut so, als wäre sie zutiefst gekränkt.

Ich schaue genauer hin. Stimmt, das da ist viel größer. Das wäre ja eine richtige Monstermaus. Das Tier dreht sich um, als könnte es meine Gedanken lesen, und so starre ich nun auf einen Rattenhintern.

„Jetzt hast du ihn beleidigt", erklärt das Mädchen in gespielt strengem Ton und wendet den Kopf nach oben zu dem pelzigen Etwas: „Ratte, ich glaube, sie hat es nicht so gemeint!"

„Ähem, soll ich mich jetzt offiziell entschuldigen?", frage ich mit ebenso ernstem Gesicht.

Mein Gegenüber fängt prompt an zu kichern. „Nee, lass mal. Ich habe einen besseren Vorschlag. Wir machen das einfach alles noch einmal."

„Was machen wir ...?" Da geht sie zu meiner Verblüffung auch schon in die Wohnung zurück, zieht die Tür zu – und eine Sekunde später wieder auf.

„Ja bitte?“, fragt sie mit gerunzelter Stirn, als hätte sie mich noch nie gesehen.

Jetzt fällt bei mir der Groschen. Übertrieben ehrfürchtig sehe ich Ratte an, und dann sage ich höflich zu dem Mädchen: „Guten Tag, ich heiße Lilli Egner, ich wohne im ersten Stock, und das ist Muffin, mein Kater, der gerne spazieren geht. Ich freue mich sehr, dich und deine überaus – äh – hübsche Ratte kennenzulernen.“

Sie grinst breit zurück und fragt, jetzt wieder mit ihrer normalen Stimme: „Muffin? Das ist der ausgeflippteste Name, den ich je gehört habe! Ich glaube, ich taufe Ratte um – in Käsekuchen!“

Wir prusten los und machen mit der Vorstellungsaktion weiter. Sie knickst und verkündet: „Gestatten, ich heiße Therese Luisa Annalena Lehnbach.“

„Hä?“

„Na, Therese wie meine Uroma, Luisa wie meine Oma und Annalena, weil meine Mama den Namen so toll fand“, erklärt sie, als wäre das völlig selbstverständlich. „Aber wenn du mich so nennen solltest, werde ich nie wieder mit dir reden. Ich bin einfach Tessa! Und hier ...“, vorsichtig nimmt sie das Tier auf ihre Hand, „... ist Ratte. Eigentlich heißt er Hugo-Wolf von Schiwago. Er hat nämlich einen adeligen Stammbaum, stammt aus einer alten russischen Königsfamilie. Aber er hasst es, wenn man ihn so nennt.“

„Oje, oje." Ich ringe die Hände, als wäre ich völlig verzweifelt. „Dann hab ich ja gerade eine adelige Ratte beleidigt. Wie kann ich das nur jemals wieder gutmachen?"

„Käsestücke", antwortet Tessa blitzschnell. „Ja, ja. Käse wäre ein guter Anfang."

Muffin maunzt dazwischen. Anscheinend ist er ein bisschen eifersüchtig, weil sich jetzt grade keiner mehr für ihn zu interessieren scheint.

„Er ist bestimmt müde vom Ausflug", erkläre ich und streichle ihn beruhigend. „Also, dann werde ich mal wieder runtergehen." Ich greife in meine Hosentasche, aber da ist nichts, außer einem halben Kaugummi von heute morgen. „Verflixt!", murmle ich. „Der Schlüssel muss noch unten in der Wohnung liegen."

Tessa geht einen Schritt zurück und öffnet die Tür noch weiter. „Ihr könnt bei uns warten!"

Ich werfe einen kurzen Blick auf Muffin: Der steht kurz davor, in Tiefschlaf zu fallen. Außerdem würde ich sowieso gern mehr über diese Tessa erfahren. Also lasse ich mich nicht lange bitten.

„Meine Eltern sind dauernd weg", erklärt Tessa mir und führt mich in die Wohnung. Wir gehen ins Wohnzimmer, wo sie auf riesige bunt gemusterte Bilder zeigt. „Meine Mutter ist Malerin. Ja, und mein Vater dreht Filme." Das sagt sie aber, ohne dabei eingebildet zu wirken.

Schnell zieht sie mich weiter. „Und das hier ist mein Reich!“

Wow! Das Zimmer liegt exakt über meinem eigenen. Aber obwohl es genauso groß und genauso geschnitten ist, wirkt es komplett anders.

An der einen Seite steht ein Hochbett. Darunter ist ihr Schreibtisch. Und überall im Zimmer entdecke ich irgendwelche interessanten Dinge: Trommeln stehen in der einen Ecke – AHA! An der Wand lehnen ein paar Stelzen. Sogar ein rundes Trampolin gibt es. Auf dem Teppichboden liegen außerdem unglaublich viele Kissen, die einen richtigen Kissenteppich bilden.

Tessa wühlt sich bis zum rosafarbenen Sofa vor und klopft neben sich. „Komm, setz dich!“

Das lasse ich mir nicht zweimal sagen und sacke neben Tessa aufs Sofa.

An der Zimmerdecke hängen zwei fette Metallringe. An dem einen ist mit schweren Karabinerhaken eine Sprossenleiter befestigt und an dem anderen eine Art Schaukel. Obwohl … bei genauerem Hinsehen erinnert es mich dann doch eher an ein Trapez. Denn statt eines Brettes befindet sich da nur eine Stange, die ziemlich weit oben hängt. Interessant!

Ratte betrachtet derweil mit seinen schwarzen Knopfaugen mich und Muffin: Er wirkt irgendwie misstrauisch, wie er so den Kater beäugt, der entspannt auf meinem Schoß döst.

„Wie lange hast du Ratte denn schon?“

„Seit einem Jahr. Ich durfte mir ein Tier im Tierheim aussuchen. Erst wollte ich ja auch eine Katze“, gibt sie zu und streichelt Muffins Köpfchen. „Aber dann hab ich Ratte gesehen, und da hat *er mich* ausgesucht. Weißt du, er ist eine besonders zahme Ratte und schrecklich klug“, erklärt sie. „Und er ist auch ein Akrobat.“

„Unmöglich!“, rutscht es mir raus.

„Doch wirklich, pass mal auf!“ Kurz entschlossen holt Tessa etwas Fußballähnliches unterm Bett hervor. „Komm Ratte, wir haben Publikum.“

Vorsichtig pflückt sie sich Ratte von der Schulter und setzt ihn auf den blauen Ball.

„Und jetzt meine Damen und Herren ...“, beginnt sie ihre Ankündigung, „... erleben sie Hugo-Wolf mit seiner noch unbekannten Nummer, dem ‚Flitzeball‘!“

Ich klatsche spontan Beifall, der von Tessa mit einer kurzen, angedeuteten Verbeugung entgegengenommen wird.

Ratte sitzt auf dem Ball und schaut sich um. Tessa lässt ihn los, und da beginnt er doch tatsächlich, mit seinen kleinen Rattenbeinchen auf dem Ball zu laufen, sodass sich Ball und Ratte langsam durchs Zimmer bewegen. Ein ziemlich ausgeflippter Anblick, finde ich. Nach ein paar Sekunden gerät er aus dem Gleichgewicht und springt vom Ball.

„Irre!" Ich bin wirklich schwer beeindruckt. „Damit könnt ihr ja echt im Zirkus auftreten."

„Ja, genau das mache ich auch!" Tessa lächelt stolz und setzt sich wieder mit Ratte zu mir aufs Sofa.

„Häh? Wie jetzt?"

„Na, ich bin halt Mitglied in einem Zirkus."

„Im Ernst? Wie und wo denn?"

Tessa pustet sich eine blonde Haarsträhne aus den Augen. „Wir trainieren mindestens zweimal die Woche. In einem echten Zirkuszelt."

„Was, du bist in einer richtigen Zirkustruppe?"

Verlegen scharrt Tessa mit den Füßen. „Na ja, wir sind schon eher eine Nachwuchs-Zirkustruppe. Der Zirkus wird nur noch von uns benutzt."

„Total spannend", sage ich voller Neid. „Weißt du, in meiner alten Schule hab ich nämlich in der Jonglier-AG mitgemacht."

„Echt?!" Begeistert schaut Tessa mich an. „Ja, Jonglieren steht bei uns auch auf dem Programm. Vor allem, seit wir unseren neuen Trainer haben. Der ist nämlich total gut darin. Wir machen tolle Fortschritte, er meint, wir könnten schon bald mal einen Auftritt organisieren."

„Wie heißt euer Zirkus denn?", frage ich neugierig. „Vielleicht habe ich ja schon mal davon gehört."

„Ach, das kann ich mir jetzt nicht vorstellen." Tessa winkt ab. „Soo groß sind wir auch nicht. *Cirakalo* nennen wir uns."

„Cirakalo? Hört sich cool an. Wie viele seid ihr denn?"

„Nach den Sommerferien haben drei aufgehört, und jetzt sind wir nur noch zu fünft. Plus zwei Trainer."

Ich schaue mich noch einmal um. Jetzt kapiere ich auch, warum Tessas Zimmer so sportlich eingerichtet ist. „Deswegen die ganzen Sachen hier, oder?", frage ich sie.

„Hm." Tessa steht auf, deutet auf ihr Trapez und die Sprossenleiter. „Ich trainiere auch zu Hause und zwar fast jeden Tag."

„Witzig. Ich auch – also, ich jongliere."

Tessa schaut mich mit einem rätselhaften Lächeln an, dann steht sie auf, hebt die Arme und schlägt urplötzlich ein Rad, das fast wie ein Salto aussieht.

Boa, wie gelenkig!

Mit einem lauten Rumms landet sie wieder auf beiden Füßen. Der gesamte Boden vibriert. Da geht mir ein Licht auf, und ich pruste los. „Mann, jetzt weiß ich endlich, was es ist!"

„Bitte?"

Auf Tessas fragenden Blick hin erkläre ich es ihr: „Ich hab

mein Zimmer direkt unter deinem. Wenn du so was machst, wackelt bei mir unten die Decke in Erdbebenstärke 10 und haut mich fast aus den Schuhen."

Jetzt muss auch Tessa lachen. Sie zeigt auf meine Turnschuhe. „Die sind übrigens total heiß. Wo hast du die denn her?"

Stolz verdrehe ich meine Füße. „Die hab ich noch in Berlin gekauft, kurz vor unserem Umzug."

„Genau solche will ich auch", teilt mir Tessa mit leuchtenden Augen mit. „Zu blöd, dass es hier im Ort nur solche Lahmschnarch-Geschäfte gibt."

„Und wo gehst du dann shoppen?"

Tessa zuckt mit den Schultern. „Wir fahren meistens in die Stadt. Da gibt es ganz gute Läden. Wie gefällt's dir eigentlich ansonsten hier so? Außer der Fashion-Flaute?"

Hmpf. Ich schweige mich aus, aber Tessa lässt nicht locker.

„Jetzt sag schon. Wie sind sie denn so an deiner Schule drauf? Ich kenne hier doch selbst total wenige. Im Zirkus trainiere ich ja auch nur mit Leuten aus meiner Schule, also bis auf einen. Aber den kennst du bestimmt nicht, der geht schon in die Neunte."

„Wirklich? Meine Schwester auch."

„Ach, du hast eine Schwester?", meint Tessa und klingt beinahe neidisch.

Ich winke ab. „Sie ist nur am Meckern oder am Jungs-Anschmachten. Für mich interessiert die sich kein Stück."

Tessa grinst verständnisvoll. „Aha, verstehe. Und sonst? Hast du schon Freunde hier?"

In mir zieht sich alles zusammen. Was soll ich jetzt sagen? Soll ich etwa ehrlich sein und sagen: „Ja, hey, vor dir sitzt das im Moment unbeliebteste Mädchen der Klasse?"

Nee, das bring ich nun doch nicht fertig. Also murmle ich nur etwas von „Ach-es-geht-schon-bin-ja-noch-neu".

FIIEP!

Wie auf Kommando schauen wir in die Ecke, aus der das Geräusch kommt.

Muffin hat anscheinend jede Scheu verloren. Jetzt nähert er sich voller Neugier Ratte. Ist ja verständlich: Wahrscheinlich hat er noch nie ein Tier mit so einem interessanten Schnürsenkelschwanz gesehen. Vorsichtig greift sein kleines Pfötchen in Richtung Ratte, dem das aber wohl zu schnell geht. Unsicher fiept er noch einmal in Richtung Katze.

Tessa streichelt Ratte und setzt ihn sich wieder auf die Schulter. „Das liebt er total. Da wird er immer ganz ruhig und schläft superschnell ein. Willst du ihn auch mal auf die Schulter nehmen?"

„Öhm ..." Ich zögere, weil: Ratte ist Ratte. Aber dann nicke ich doch, denn ich will Tessa auch nicht kränken.

Tessa setzt ihn mir vorsichtig auf die Schulter, und als

Muffin beobachtet, was sein Frauchen da mit dem fremden Tier anstellt, maunzt er eifersüchtig. „Fühlt sich lustig an", kichere ich. „Rutscht er nicht runter?"

„Nö, nie."

Tessa geht zu ihrer Sprossenwand und hakt sich da ein.

„Siehst du, damit habe ich als Erstes angefangen." Sie beginnt, ganz leicht hin und her zu schaukeln, ohne die Balance zu verlieren. „Ich darf nur nicht zu doll schaukeln – so stabil sind unsere Decken nicht. Aber so zum Abhängen und Balancieren ist es okay." Auffordernd schaut sie mich an. „Soll ich dir demnächst mal zeigen, wie das geht?"

Ich nicke. Diesmal mit deutlich mehr Begeisterung. „Nimmst du mir mal bitte Ratte wieder ab? Ich glaube, er will runter."

Eine Handbewegung, und ich bin wieder rattenfrei.

Während ich Tessa so betrachte, gerate ich ins Grübeln: Sie ist *so* nett!

„Sag mal, Tessa, wieso gehst du nicht auf unsere Schule hier?", frage ich und denke mir im Stillen, dass es echt genial wäre, Tessa in *meiner* Klasse zu haben!

„Meine Eltern finden die freie Schule besser", antwortet sie und plumpst wieder neben mich aufs Sofa.

Ich seufze neidisch: „Da würde ich auch lieber hingehen."

„Mach dir jetzt keine falsche Vorstellung. Okay, wir machen viele Experimente und Spiele, und es gibt Klassen, die nach Fächern eingeteilt sind. Aber ansonsten ist es die gleiche Lernerei wie bei euch."

„Aber ihr bekommt keine Zeugnisse, oder?"

Tessa schüttelt den Kopf. „Nö, trotzdem sprechen die Lehrer einmal im Monat mit den Eltern und reden über Stärken und Schwächen und so'n Kram. Hausaufgaben müssen wir auch machen. Also wirklich kein Grund, neidisch zu sein." Nachdenklich streichle ich Muffin.

„Hey, ich hab eine geniale Idee."

Muffin, Ratte und ich schauen sie erwartungsvoll an.

„Wie wäre es, wenn du zum Training mitkommst?"

„Ich?", frage ich und reiße die Augen auf. „Meinst du, das geht?"

„Klar, warum nicht? Du hast doch gesagt, dass du jonglierst."

Hm ... In einem echten Zirkus mitmachen? Das hört sich schon genial an. Aber was, wenn die mich auch nicht mögen? Oje, das nennt man wohl das Miss-Tollpatsch-Trauma.

„Die sind alle voll in Ordnung", versucht Tessa, mich zu beruhigen.

Ha, anscheinend ist sie nicht nur nett, sondern kann auch noch Gedanken lesen!

„Und außerdem ...", fährt sie aufgeregt fort, „... kannst du bei uns auch mit Bällen und ganz neuen Keulen jonglieren, die sind superschön, und das macht bestimmt noch mehr Spaß als mit den Tüchern."

Sie schaut mich eindringlich an, während es bei mir im Kopf zu rattern beginnt. „Also, Moment mal", frage ich verwundert. „Woher weißt du überhaupt, dass ich mit Tüchern jongliere?"

„Öhm, damit fängt man doch an, wenn man jonglieren lernt. Hast du doch vorhin erzählt", behauptet Tessa und läuft rosa an.

„Ach wirklich?" Misstrauisch starre ich sie an. Zugegeben, manchmal vergesse ich, dass wir Hausaufgaben aufhaben, aber ansonsten funktioniert mein Gedächtnis spitzenmäßig. Über Tücher haben wir bis jetzt bestimmt noch nicht geredet. Und warum guckt sie so verschämt?

Da kommt mir ein Gedanke. Sie hat mich doch nicht etwa …

„Ja, äh, ich weiß", gibt Tessa verlegen zu, kurz bevor ich anfange, Sherlock Holmes zu spielen. „Das ist mir jetzt wirklich oberpeinlich. Denk bloß nicht, ich wäre eine dieser neugierigen Tanten, die …" Sie hüstelt, steht auf und geht zu ihren Stelzen. „Damit will ich unbedingt im Zirkus auftreten, du verstehst?" Jetzt starrt *sie* mich an und hofft anscheinend, dass auch ich Gedanken lesen kann – damit sie mit dem Gestotter aufhören und sich weitere Erklärungen sparen kann.

Aber da ist sie an die Falsche geraten. Gedanken lesen war noch nie so mein Ding.

„Hm ... Ja, okay", druckst Tessa weiter vor sich hin. „Ich muss unbedingt regelmäßig mit den Dingern üben. Also geh ich öfter mal so spazieren, und dabei ... bin ich neulich an deinem Fenster vorbeigekommen. Und da, na, da habe ich dich mal kurz gesehen, mit den Tüchern vor dem Spiegel und so ..."

Ich zucke zusammen. „Das Gesicht am Fenster, das warst *du*?!"

Tessa nickt schuldbewusst. „Aber das hat wirklich super ausgesehen, und so ein Stirnband will ich auch. Bist du jetzt sauer?"

„Quatsch!", antworte ich spontan. Ich glaube, man kann Tessa gar nicht böse sein – am allerwenigsten, wenn sie einen so zerknirscht ansieht.

„Gut!" Tessa atmet hörbar aus und schaut so erleichtert, dass ich lachen muss. Sie steht auf und beginnt, Rad zu schlagen: einfach so, aus ihrem Zimmer heraus, den langen Flur runter und wieder zurück, bis sie mit erhobenen Armen wieder vor mir stehen bleibt. „Tada! Also dann ..." , schnauft sie, „... bist du dabei?"

Unwillkürlich sehe ich zu Muffin – der prompt in meine Richtung maunzt. Er und Ratte haben sich in schöner Eintracht nebeneinander an ein Sofakissen gekuschelt. „Ja", antworte ich schließlich. „Ich könnte mir schon gut vorstellen, euch mal zuzuschauen."

„Super!" Tessa lacht erfreut und deutet in Richtung Kater. „Den kleinen Keks kannst du ja zum Training mitbringen!"

„Hey, der heißt Muffin", korrigiere ich sie streng. „Und ich glaub nicht, dass das so einfach geht – mit dem Mitnehmen meine ich. Der Korb ist viel zu groß. Wie soll ich den denn transportieren?"

„Aber du kannst ihn doch an die Leine legen!"

Fassungslos schaue ich Tessa an. „Leine? Das ist doch kein Hund!"

Doch sie grinst nur. „Ach echt? Ist mir noch gar nicht aufgefallen! Aber jetzt mal ernsthaft: Meine Tante hat eine Katze – Daisy –, bei der das ziemlich gut funktioniert. Sie wohnt in der Stadt, und aus Angst, dass Daisy überfahren werden könnte, hat sie sie von klein auf daran gewöhnt, an der Leine zu laufen."

„Das ist jetzt ein Witz, oder?", frage ich misstrauisch.

Sie streichelt Muffin kurz übers Köpfchen. „Keine Spur. Tantchen meint, es gibt nur einen großen Unterschied zwischen Katzen- und Hunde-Ausführen."

„Welchen?", frage ich gespannt.

„Mit dem Hund gehst du. Aber deine Katze geht mit dir."

Ich lächele und blicke zu Muffin, der kokett das Köpfchen wegdreht. Stimmt schon, Katzen haben ihren eigenen Kopf.

„Also – ob Keks oder Muffin ...", Tessa kichert in sich hinein, „... jetzt hab ich Hunger – du auch?"

Ich nicke und muss auf einmal an Fabi denken, der genauso wie Tessa immer Hunger kriegt, wenn wir über Muffin reden. Der fände Tessa bestimmt auch total interessant.

Auf einmal ganz aufgekratzt, packt sie meinen Arm und zerrt mich in Richtung Küche. Dort durchstöbern wir gemeinsam den Kühlschrank.

„Deine Eltern sind also oft weg?", frage ich und versuche, mir vorzustellen, wie das wäre: Schon cool, mal etwas öfter sturmfreie Bude zu haben.

„Och, ja, manchmal besuche ich meine Mutter in der Galerie. Und ich war auch schon mal dabei, als mein Vater gedreht hat. Total genial! Ich glaube, ich würde später selbst gerne mal Filme drehen. Also ...", stellt sie richtig, „... natürlich nur, wenn ich nicht gerade mit meinem Zirkus auf Tournee bin."

Ich muss lächeln: Tessa ist irgendwie so wie eine Mineralwasserflasche, die man schüttelt. Es blubbert nur so aus ihr heraus und alles, was sie erzählt, ist aufregend ...

Wenig später sitzen wir am Küchentisch und stopfen Wurst- und Käsebrote mit Gürkchen in uns hinein. Gerade will ich zum Nachtisch übergehen – Bananen-Nutella-Brot –, als es klingelt.

Tessa stöhnt. „Oje, ich glaube, das letzte Brot hätte ich nicht essen sollen, ich kann mich kaum bewegen." Übertrieben klopsig stampft sie in Richtung Tür und kommt kurz darauf mit meiner Mutter zurück, die mir irgendwie ziemlich mies gelaunt vorkommt.

„Hier bist du also", sagt sie und sieht mich mit säuerlicher Miene an. „Ich hab mir schon richtig Sorgen gemacht."

„Möchten Sie auch etwas?", fragt Tessa höflich, bevor ich antworten kann, und wedelt mit der Hand in Richtung Brotbelagstation. Doch meine Mutter schüttelt den Kopf.

„Danke, Tessa, das ist lieb von dir. Aber ich habe gerade Spaghetti auf dem Herd." Ihr Gesicht wird noch etwas säuerlicher, als sie mit einem Blick auf unser kleines Nachmittagspicknick hinzufügt: „... obwohl es scheint, dass wir einen Esser weniger haben werden ... Lilli, es wär mir ganz lieb, wenn du dich jetzt mal loseisen könntest."

Okay, okay, denke ich und blicke seufzend auf das angebissene Brot.

„Nimm den Teller ruhig mit. Du kannst ihn später wiederbringen", schlägt Tessa vor.

Na, wenigstens ist mein Nachtisch jetzt gerettet! Zufrieden stehe ich auf und drücke ihn meiner Mutter in die Hand. „Bitte halt mal kurz, ich muss noch Muffin holen."

Blitzschnell sprinte ich in Tessas Zimmer. „So, wie meine Mutter gerade geguckt hat, lege ich dann jetzt mal besser einen Zahn zu", erkläre ich Tessa, die etwas langsamer nachgekommen ist. Ich schäle den Kater vorsichtig aus seiner Kuschelecke, und Tessa setzt sich Ratte wieder auf die Schulter.

„Kein Problem!", sagt sie und lächelt mich breit an. „Mütter halt … Meine kann auch so gucken!" Und sie verzieht ihr Gesicht zu einem unglaublich strengen Gesichtsausdruck. Ich kichere, während wir wieder in den Flur gehen. An der Haustür wartet Mama inzwischen schon mit ungeduldig tappendem Fuß.

„Also dann bis bald, Lilli", verabschiedet sich Tessa an der Haustür und fügt höflich hinzu: „Auf Wiedersehen, Frau Egner."

„Mach's gut, Tess…", setzt meine Mutter an. Doch plötzlich verändert sich ihre Gesichtsfarbe erheblich. Die Farbe wechselt von neutralem Weiß zu interessantem Grün. Ihre Augen sind vor Schreck geweitet. „Kind, du … du hast eine Ratte auf der Schulter!"

Ich sehe Mama erstaunt an und bin irgendwie stolz auf sie. Sie hat doch glatt erkannt, dass es eine Ratte und keine Maus ist!

Tessa lacht und will gerade zum zweiten Mal an diesem Tag die Hugo-Wolf-Schiwago-Story bringen.

Aber im Gegensatz zu mir vorhin reagiert meine Mutter überhaupt nicht begeistert, sondern zupft quiekend an meinem Pullover. „Komm schnell mit runter, Essen – Spaghettiiiieee …" Unglaublich, wie schnell sie die Treppen runterhastet! Fehlt nur noch, dass sie sich aufs Geländer setzt und rutscht!

Wir vier sehen ihr einen Moment hinterher. „Keine Sorge, die Reaktion kennen wir schon, gell, Ratte?" Beruhigend streicht sie ihm übers Köpfchen. „Also, wenn du mit zum Training kommen würdest, das wäre echt schön", versucht sie mich noch einmal zu überreden. „Freitag um vier fängt es an. Wir könnten um halb vier gemeinsam zum Zirkus fahren, wenn du magst!"

Ich nicke einfach nur. Ehrlich gesagt kann ich es schon jetzt kaum erwarten, diesen Zirkus kennenzulernen. Und zusammen mit Tessa macht das bestimmt einen Riesenspaß.

„Lilli", ruft meine Mutter aus sicherer Entfernung, und mit einem letzten Winken stürme ich die Treppe runter.

Kaum sind wir in der Wohnung, dreht sich meine Mutter zu mir um: „Unglaublich! Eine Ratte als Haustier! Dass ihre Eltern das erlauben, unfassbar."

Ich will schon empört widersprechen, aber da fügt sie seufzend hinzu: „Aber gut, ich freue mich ja auch, wenn du hier eine Freundin findest. Obwohl ich sie schon irgendwie *höchst* seltsam finde."

Ich lächele still in mich hinein.

Seltsam? Vielleicht ein bisschen, aber auf jeden Fall höchst nett! Ich drehe mich zu ihr.

„Du, Mama, glaubst du, Muffin hat einen adligen Stammbaum?"

Die Cirakalo-Kids

Endlich Freitag!

Die Woche ist so zäh vergangen wie Lama-lang-gekauter Kaugummi. Inklusive Paula und den Cliquenzicken. Aber ich bin total gut drauf, seit ich Tessa getroffen habe, und mir geht diese Zirkustrainings-Sache einfach nicht mehr aus dem Kopf. Nur wie immer, wenn ich auf was warte, kommt mir die Zeit doppelt so lange vor. Wenigstens kann ich Fabi davon erzählen, während wir mit dem Bus nach Hause zuckeln. Sonst würde ich vor Ungeduld glatt in tausend Stücke zerspringen.

Bei dem Stichwort „Alter Zirkus“ reagiert er allerdings einigermaßen merkwürdig. „Alter Zirkus?“ Stirnrunzeln und ausgiebiges Am-Kopf-Gekratze. „Wenn das mal nicht der auf dem alten Wrackgelände ist. Ist schon ein bisschen unheimlich dort.“

Ich bekomme prompt so ein Kribbeln in der Nase. Unheimlich? Ich lass natürlich nicht locker, und dränge Fabi, weiterzuerzählen.

„Das ist so ein altes Gelände", erklärt er mir düster. „Weit und breit keine Menschenseele."

Tja, das geht ja gar nicht. Klingt viel zu sehr nach Gruselfilm. Das kann ich meinen Eltern so nicht verklickern.

„Meine Eltern würden mich da nicht hinlassen", kommt es auch schon prompt von Fabi. „Ich glaub, die sind da etwas spießig."

„So, so."

Mehr sage ich nicht. Trotzdem wird er kurz mal eben ziemlich rot: „Also, *ich* bin kein bisschen spießig", versichert er schnell.

Ich zucke mit den Schultern. „Aber das mit dem Zirkus ist bestimmt okay", erkläre ich ihm. „Tessa geht da schon seit zwei Jahren hin, und sie haben professionelle Trainer. So unheimlich wird das Ganze bestimmt nicht sein. Na ja, ich werd's ja sehen."

Fabi nickt. „Diese Tessa hört sich auf jeden Fall nett an, und eine Ratte als Haustier ist wirklich megacool ... Nichts gegen deine Katze, die ist auch toll", fügt er schnell hinzu, als er meinen beleidigten Blick sieht.

„Und voll praktisch, dass Tessa in eurem Haus wohnt. Dann könnt ihr euch dauernd treffen und so."

„Schön wär's, aber ich habe sie diese Woche auch nur einmal ganz kurz gesehen. Sie war dauernd bei ihrer Mutter in der Galerie."

Als ich an vorgestern Abend denke, muss ich sofort wieder grinsen: Meine Mutter und ich waren gerade vom Einkaufen zurückgekommen und hatten Tessa im Garten getroffen. Sie wackelte etwas unsicher auf ihren Stelzen rund ums Haus.

Während ich aufrichtig beeindruckt war und stehen geblieben bin, um zu schauen und kurz mit ihr zu quatschen, hat sich meine Mutter gar nicht mehr eingekriegt.

„Nein, wirklich! Mit Stelzen!" Kritischer Blick.

„Nein, wirklich! Eine Ratte als Haustier!" Grünlicher Blick.

Immer noch grinsend, sage ich zu Fabi: „Du müsstest mal sehen, wie sie auf diesen Stelzen herumläuft. Das ist echt der Hammer!"

Beeindruckt nickt er mir zu. „Wahnsinn, was die so alles kann! Bei mir ist es stinklangweilig. Da wohnen nur Familien mit kleinen Kindern. Gähn."

„Komm doch auch mal vorbei!", schlage ich vor, ohne dass ich groß nachgedacht habe. Ups! Warum sollte ein Junge sich mit zwei Mädchen treffen wollen?

Aber Fabi scheint sich wirklich über meinen Vorschlag zu freuen. „Hey, klar! Gerne!" Er lächelt mir zu, und ich lächle zurück.

„Also viel Spaß heute!", wünscht Fabi mir, als er kurz darauf aussteigen muss. „Wird bestimmt total gut!"

„Danke! Ich erzähl dir dann am Montag, wie es war!" Ich winke ihm kurz zu und sehe dabei, wie sich weiter vorne im Bus ein paar aus meiner Klasse um den besten Platz rangeln und dabei wild durcheinanderquasseln. Nachdenklich blicke ich zu ihnen hinüber. Fabi ist wirklich nett, aber es wäre trotzdem schön, wenn sich auch die anderen ein bisschen für mich interessieren würden. Egal, was ich versuche, Paula braucht nur einen ihrer genervten Diva-Blicke aufzusetzen, und keiner will mehr was mit mir zu tun haben.

Klar, das ist immer noch besser als vor einer Woche: Immerhin habe ich Fabi, eine Fast-Freundin, einen Muffin und obendrauf bald ein Probetraining im Zirkus. Und als ich *daran* denke, habe ich sofort so ein Bizzeln im Bauch. Ein Mal-sehen-was-kommt-Bizzeln!

Wenig später hocke ich hibbelig auf meinem Bett und denke über eine gute Überredungsstrategie nach. Mama hat irgendwie komisch unlässig reagiert, als ich von Cirakalo erzählt habe. „Beim Zirkus? Das kommt davon, dass die Eltern so viel arbeiten."

Höchste Zeit, dass mir etwas einfällt, bevor Tessa vorbeikommt. Auch wenn ich so eine Ahnung habe, dass das noch Schwierigkeiten geben könnte: Ich muss da einfach mit! Also taper ich in die Küche, wo Mama gerade hochkonzentriert Geschirr spült.

Aber als ich das Thema anspreche, reagiert sie wie erwartet erst einmal ziemlich misstrauisch: „Wie, Zirkustraining heute Nachmittag?", und setzt dann mit besorgter Miene hinzu: „Wie gesagt, ich freu mich ja, dass du eine Freundin gefunden hast, aber … ach, ich habe einfach kein gutes Gefühl bei der Sache."

So zweifelt sie noch eine ganze Weile vor sich hin, und obwohl ich ganz cool bleiben wollte, rege ich mich jetzt doch ein bisschen auf. Mama und ihr *Gefühl* schon wieder. Das nervt vielleicht! Auch wenn sie es gut meint. Manchmal ist es echt zu viel!

„Wo soll denn das sein?", fragt sie mich jetzt so vorwurfsvoll, als würde ich vorschlagen, mal eben alleine zum Mond zu fliegen. „Bekomme ich eine Straße, Hausnummer, eine Telefonnummer?"

Also mir liegt ja so einiges auf der Zunge, aber ich gebe mich ganz diplomatisch: „Ach, das weiß doch Tessa alles!", säusele ich also, setze mein zuckersüßestes Lächeln auf, greife nach dem Geschirrtuch und beginne, ihr beim Geschirrabtrocknen zu helfen.

„Schau mal, Mama, Tessa geht seit zwei Jahren dorthin, mehrmals die Woche. IHRE Eltern erlauben das doch auch. Und es gibt ZWEI Trainer, die aufpassen. Außerdem brauche ich dringend etwas Bewegung, jetzt wo ich nicht mehr in der Jonglier-AG bin." Ich bewege meine Handgelenk mit dem Geschirrtuch auf und ab. „Ich glaube, ich habe schon Muskeln abgebaut. Wenn das so weitergeht, kann ich dir bald nicht mal mehr beim Abtrocknen helfen."

Meine Mutter dreht den Wasserhahn zu und sieht mich mit einem ganz seltsamen Gesichtsausdruck an. Sie hat immer noch die Stirn gerunzelt, aber ich sehe, dass es um ihre Mundwinkel zuckt. „Ach so, verstehe, deine Gesundheit und meine Abtrockenhilfe sind in Gefahr. Da sollte ich wohl lieber nichts riskieren, stimmt's? Na gut, dann geh eben hin – *wenn* du deine Hausaufgaben erledigt hast und *wenn* du mir versprichst, mich anzurufen, sobald du beim Zirkus angekommen bist. Okay?"

Mit diesem schnellen Sieg hätte ich jetzt echt nicht gerechnet. Ich drücke sie ganz fest. „Mach ich, Mama, du bist spitze."

Mann, bin *ich* erleichtert! Auch wenn die Handy-Kontroll-Pflichtanruferei etwas nervt. Aber das ist ein Übel, das ich gerne in Kauf nehme. Ich stelle den letzten Teller in den Schrank und rase wieder in mein Zimmer.

RUMMMS!

Aha. Tessa übt!

Eigentlich sollte ich mich ja jetzt an meine Hausaufgaben machen. Was ich auch tue, allerdings im Schnelldurchgang. Immerhin hat Frau Herrlich nicht gesagt, wie lang der Aufsatz werden soll. Und heißt es nicht immer, der Inhalt zählt? Also gibt's eben eine knackige Kurzfassung, und nach zehn Minuten können mich die Schulhefte mal gern haben. Aufgeregt beginne ich, in meinem Kleiderschrank zu kramen.

Der neue Minirock ist wohl nicht das Richtige zum Trainieren. Aber wer weiß, eine Jeans ist vielleicht zu eng, wenn ich richtig turne. Nach kurzem Zögern entscheide ich mich für meine schwarze Sporthose und ziehe ein leuchtend pinkes T-Shirt über. Dazu binde ich mir meine Haare zu einem Pferdeschwanz, den ich zum Schluss noch mit einem pinken Haargummi verziere.

Ich stelle mich vor den Spiegel und betrachte mich von allen Seiten: Sehr gut, sieht wirklich sportlich aus. In meinen Rucksack packe ich noch ein Handtuch und meine Jongliertücher und Bälle. Tessa meinte zwar, die haben alles dort, aber irgendwie fühle ich mich sicherer, wenn ich meine eigenen Sachen dabeihabe.

Jetzt noch meine Lieblingsturnschuhe!

Da! Es klingelt! Schnell greife ich mir noch ein graues Sweatshirt, das ich im Rausgehen in meinen Rucksack stopfe.

Natürlich läuft mir gerade jetzt Karo über den Weg und lässt einen ihrer Kommentare los. „So, so, Krümel will zum

Zirkus? Na, das passt ja zu dir. Du gibst den Clown, würde ich mal tippen, oder?"

„Mann, deine Kommentare sind flüssiger als flüssig – nämlich überflüssig!", kontere ich und sehe doch tatsächlich gerade noch, wie ein beinahe anerkennendes Grinsen über das Gesicht meines Schwesterleins huscht. Dann renne ich los zur Tür, wo Tessa neben meiner Mutter steht: ebenfalls mit Pferdeschwanz, in einem grau glänzenden Sportdress.

„Hey, Lilli", begrüßt sie mich. „Bist du bereit?"

„Klar!" Ich nicke so begeistert, dass mir der Pferdeschwanz um die Ohren fliegt.

Mama steckt mir natürlich noch das Handy zu und versucht, Tessa freundlich und entspannt anzulächeln. Ein bisschen verkrampft wirkt sie trotzdem, und ich ertappe sie dabei, wie sie besorgt auf Tessas Schulter starrt. Aber da hockt heute garantiert nichts mit Fell und Nagezähnen. Ich grinse sie an und bin schon aus der Tür. „Bis später, Mama!"

In einem Affenzahn stürzen Tessa und ich das Treppenhaus runter. Unten angekommen, holen wir unsere Fahrräder.

„Fertig?", fragt Tessa und will aufsteigen.

„Moment", antworte ich und greife in meine Jackentasche nach dem Handy.

„Wen willst du denn jetzt anrufen?"

Ich winke ab und wähle: „Hallo Mama! Ja, hier ist Lilli. Ich wollte nur sagen, ich fahre jetzt mit Tessa los. Wir stehen unten bei den Fahrrädern."

Keine zwei Sekunden später wird das Fenster aufgerissen, und meine Mutter lehnt sich raus: „Sehr witzig! Haha. Sehr, sehr witzig!"

Gackernd fahren wir los und treten ordentlich in die Pedale.

Zehn Minuten später biegen wir von der Hauptstraße ab, und ... nun ja ... es sieht auf einmal wirklich ziemlich kahl und grau aus um uns herum. „Irgendwie unheimlich", hauche ich besorgt.

Tessa sieht mich verständnislos an. „Wieso flüsterst du denn?"

Wir kommen an einem alten Bauzaun vorbei und zu einer Einfahrt.

Wie lange das hier alles wohl schon so steht?, frage ich mich. Die flatterigen Plakate, die am Zaun hängen, sind ja mindestens zwei Jahre alt!

Wir sausen mit den Fahrrädern einen Durchgang entlang, folgen einem kleinen Weg, und dann liegt plötzlich eine große grüne Fläche vor uns: mindestens so groß wie ein Fußballfeld. Mitten darauf steht – ein Zirkuszelt. Man sieht ihm an, dass es schon länger hier steht, aber es ist nicht zerfetzt oder so. Auch das Zeltdach mit den weißen und gelben Streifen sieht okay aus. Zumindest sehe ich keine Löcher oder Risse.

„Echt unglaublich!", sage ich beeindruckt. „Wieso steht das denn hier einfach so rum?"

Tessa zeigt zum Fahrradständer, und während wir unsere Räder anschließen, erklärt sie: „Ich glaube, der Besitzer ist gestorben oder so. Auf jeden Fall steht es schon lange leer. Bis wir auf die Idee gekommen sind, hier zu üben. Außerdem kennt unser alter Trainer den Sohn des Besitzers, da war das ganz schnell entschieden."

Das Handy klingelt, und ich zucke zusammen. Augen verdrehend gehe ich ran. Nachdem ich Mama bestätigt habe, dass wir noch leben, frage ich Tessa: „Wie finden deine Eltern das hier eigentlich? Haben sie keine Angst, wegen der Gegend?"

Aber Tessa lacht nur. „Ach weißt du, es ist ein bisschen vergammelt hier, aber nicht wirklich gefährlich. Es gibt einen alten Hausmeister, der hier regelmäßig seine Runden dreht. Und wenn ich alleine bin, fahre ich auch nicht mit dem Fahrrad her. Dann fahren mich meine Eltern oder Robert."

„Robert?"

„Ja, Robert Althaus, unser Trainer. Er unterrichtet Sport am Gymnasium."

Ich bleibe stehen. „Dann kenne ich den. Das ist garantiert mein Turnlehrer!" Mist!

„Besonders begeistert siehst du ja nicht aus", sagt Tessa und sieht mich fragend an. „Versteh ich gar nicht. Ich find den echt nett."

Echt nett? Vielleicht ist er das ja. Aber der hat ja auch schon mitbekommen, dass ich in meiner Klasse abgesagt bin. Was, wenn der was dazu sagt? So vor Tessa und den anderen. Nee, darauf kann ich jetzt wirklich verzichten.

Aber für weitere Grübeleien ist keine Zeit, denn Tessa zieht mich schon ungeduldig weiter. „Komm! Die anderen haben bestimmt längst angefangen."

Ich folge ihr so unauffällig wie möglich in das Zelt. Na ja, unauffällig ist was anderes: Die anderen haben wirklich schon mit dem Training angefangen und sehen jetzt neugierig zu uns her.

Verlegen lümmel ich neben Tessa rum und weiß gar nicht, wo ich hinschauen soll. Schon das zweite Mal innerhalb von so kurzer Zeit, dass ich mich anstarren lassen muss … Aber es sieht hier wirklich super aus, mit der runden Manege und den Holzsitzreihen, die im Kreis angeordnet sind. Okay, die Sitzbänke sind etwas mitgenommen, aber wen interessiert das schon?

Aha. Da kommt auch der Trainer.

„Robert, das ist Lilli", erklärt Tessa ihm. „Sie wohnt bei mir im Haus, und sie interessiert sich für unseren Zirkus. Kann sie heute mal mit uns trainieren?"

„Gern!“ Herr Althaus lächelt mich an und klopft mir auf die Schulter. „Wir kennen uns doch – 6 c, nicht wahr? Bist du nicht vor Kurzem an unsere Schule gewechselt?“

Ich nicke, bin aber immer noch ganz schön unsicher. Soll ich ihn jetzt auch ganz lässig „Robert“ nennen? Oder „Herr Althaus“, wie in der Schule?

Aber wenigstens das Problem löst sich ganz von allein.

„Nenn mich einfach Robert“, fordert er mich auf. „Wir duzen uns hier alle. Da ist übrigens Mariella, sie ist auch Trainerin.“

Er zeigt auf eine junge Frau, die sich eben zu uns gesellt hat. Wow! Sie ist nicht nur superhübsch, sondern wirkt auch total nett und strahlt mich so richtig an.

„Hey Lilli! Hast du Lust, gleich mal was zu probieren?“ Sie macht eine ausholende Handbewegung. „Wir haben eine ganze Menge Geräte hier. Ach ja, zum Ablauf: Wir machen uns immer erst mal zehn Minuten warm. Danach kann sich jeder auf sein Spezialgebiet konzentrieren. Ich bin für das Vertikalseil zuständig. Rad schlagen, Saltos, Balance – solche Sachen. Robert ist unser Spezialist im Jonglieren.“

Ich sehe Robert erfreut an. Da bin ich wohl an der richtigen Adresse.

„Kannst du irgendwas besonders gut?“, fragt er mich auch schon. „Oder hast du Lust, irgendetwas Spezielles auszuprobieren?“

Hm. Das wäre ja jetzt der richtige Moment, meine Jonglier-Sachen aus dem Rucksack zu holen, aber irgendwie kann ich das grad nicht. Nicht, dass mich die anderen noch für eine Angeberin halten, wenn ich hier meinen eigenen Kram auspacke.

Aber Tessa sieht das wohl etwas anders, denn sie ruft lauter, als mir lieb ist: „Lilli jongliert!"

Am liebsten würde ich im staubigen Manegensand verschwinden.

„Zumindest versuche ich, es zu lernen. Ist ja sauschwer", setze ich eilig hinzu.

Mariella nickt anerkennend. „Noch eine Jongleuse – das können wir gut gebrauchen."

Erleichtert lächele ich sie an. Eins steht fest: Mariella und Robert sind wirklich okay.

Da verpasst mir Tessa einen kleinen Knuff. „Hey, Erde an Lilli. Du bist so still. Alles klar bei dir?"

Als ich nicke, packt sie meinen Arm, und wir gehen zu den anderen.

Als Erstes stellt Tessa mich einem Mädchen mit langen schwarzen Haaren vor. Sie sieht ein bisschen älter aus und balanciert gerade total geschickt auf einem gespannten Seil.

„Das hier ist Rania, unsere Seiltänzerin", erklärt Tessa. „Außerdem trainiert sie mit Mariella am Vertikalseil."

„Vertikalseil?" Ich versteh mal wieder nur Bahnhof.

Aber da zeigt Tessa auch schon zu einem dicken Seil, das vom Zirkusdach nach unten bis zum Boden verläuft. Darunter liegt eine Art Sicherheitsmatratze.

„Mariella ist superklasse!", erzählt Tessa und klingt dabei richtig stolz. „Ich hab sie schon mal in einer Show gesehen. Da hat sie ziemlich weit oben geturnt: verschiedene Figuren und Drehungen und so etwas. Das sah echt gefährlich aus." Sie zeigt zu dem Seil und grinst, als sie meinen Blick sieht. „Keine Sorge, wir üben hier dicht überm Boden. Und haben zur Sicherheit diese Matten drunter."

Sie zieht mich weiter, und wir bleiben bei einem der Jungen stehen. „Das ist Yannick, Beat-Box-Genie und Breakdancer."

Schüchtern schaue ich zu dem großen dunkelhaarigen Jungen hinüber, der wie auf Kommando auf seiner großen Plastikunterlage herumwirbelt. Mann, sieht das lässig aus!

Als wir weitergehen, flüstert Tessa mir zu: „Das ist der, von dem ich dir erzählt habe: Er geht auf deine Schule, in die Neunte. Vielleicht ist er ja mit deiner Schwester befreundet."

„Glaube ich nicht", antworte ich wie aus der Pistole geschossen. „Dafür sieht er zu unverschmalzt aus."

Kichernd zeigt Tessa jetzt zu einem anderen Jungen und zu einem Mädchen. Beide toben auf Einrädern durch die Manege. „Das sind unsere rasenden Zwillinge, Florian, also Flo, und Sarah."

Als die ihren Namen hören, kommen sie auf uns zugedüst. Sie stoppen so dicht vor Tessa, dass der Manegensand nur so aufwirbelt.

„Hi, machst du jetzt bei uns mit?", fragt Flo sofort.

„Mal sehn."

„Supergenial! Wir können echt noch Leute gebrauchen. Wenn du willst, zeigen wir dir, was man so alles mit dem Einrad anstellen kann." Dann zischen sie wieder los.

„Tja, jetzt sind wir durch." Tessa sieht mich fast entschuldigend an. „Es stimmt schon: Ein paar mehr Leute, das wär nicht schlecht. Komm, wir gehen zu Mariella!"

Die erklärt mir erst mal, wie man sich am besten dehnen kann.

Nach etwa zehn Minuten bin ich knallrot und beginne zu schwitzen. Was für ein Formtief! Unsicher schaue ich zu Tessa und Rania, die immer noch total frisch wirken.

Die beiden winken jedoch ab: „Mach dir keine Sorgen, das ändert sich ganz schnell", muntert mich Rania auf. „Ein paar Wochen üben, und dann hast du den Dreh raus. Ich versprech dir: Bald kannst du sogar Spagat aus dem Stand." Und schon gleitet sie anmutig auf den Boden, in den 180-Grad-Winkel, einfach so.

Ich gluckse bewundernd. Na, da bin ich ja mal gespannt!

Die nächsten 60 Minuten kommen mir vor wie ein Traum. Ein ziemlich cooler!

Ich halte irgendwie das Training mit Mariella und Rania durch – und, kaum zu glauben, aber wahr: Ich versuche sogar, auf dem Seil zu balancieren. Ziemlich schwierig, stelle ich fest. Bei Rania sieht das so leicht und fedrig aus ...

Wie versprochen, lässt Flo mich dann noch sein Einrad ausprobieren und gibt mir direkt ein paar ganz gute Tipps, wie ich mich am besten halten kann.

Beim Breakdancen halte ich mich allerdings dezent zurück. Genauer gesagt, ich geh gar nicht in die Nähe von Yannick. Irgendwie kann ich das nicht. Der ist so konzentriert, wie er da seine Figuren übt – auch wenn der noch so nett wirkt, da wag ich mich nicht hin ...

Zum Schluss gehe ich zu Robert und schaue ihm neidisch zu, wie er völlig locker mit vier Keulen jongliert. Auffordernd sieht er mich an. „Magst du mal probieren?"

Ich schüttle den Kopf. Keulen – so weit bin ich einfach noch nicht. Aber jetzt traue ich mich doch und krame meine Bälle aus dem Rucksack. Ich mache mich erst mit zweien warm, dann nehme ich den dritten dazu. Und ... es klappt!

Robert nickt anerkennend. „Das sieht doch schon sehr gut aus." Mann, bin ich stolz!

Als Mariella uns dann alle zu sich ruft, bin ich richtig enttäuscht. Schade. Schon zu Ende! Sarah zieht eine Packung

Kekse aus dem Rucksack, auf die wir uns alle stürzen wie ausgehungerte Schiffbrüchige.

„Du kannst nächstes Mal ruhig wieder mein Einrad benutzen", bietet Flo mir an, und Sarah nickt zustimmend. „Wir haben zu Hause noch eins. Wenn es dir Spaß macht, können wir es ja mitbringen."

„Danke! Supergerne!"

Da wirft Robert mir einen prüfenden Blick zu. „Also, möchtest du wiederkommen?"

Da muss ich nicht lange überlegen.

„Unbedingt!" Dankbar lächle ich Tessa an. Es riecht nach großer weiter Welt, und es riecht nach jeder Menge Spaß. Echt lieb, dass sie mich mitgenommen hat.

Ein paar Kekse später verabschieden wir uns von den andern und gehen langsam zu unseren Fahrrädern zurück.

„Nächstes Mal, wenn Mama mich fährt, nehme ich Ratte mit", sagt Tessa, als sie auf ihr Rad klettert. „Er ist inoffizielles Mitglied bei den Cirakalos, und ich glaube, er langweilt sich ganz schrecklich zu Hause. Und du nimmst Muffin mit. Er wird mit Sicherheit ein richtig guter Zirkuskater."

Ich sehe sie zweifelnd an. „Aber wie soll das denn gehen?", frage ich. „Der läuft doch weg!"

Tessa beißt unbekümmert in einen Keks und fährt los. „Na mit Leine!"

Ach ja, das Thema hatten wir ja schon. Ihre Tante … Tja, wer weiß, ich meine, ein Kater, der *Ratten* in seine Familie aufnimmt, statt sie anzuknabbern, mag vielleicht auch an der Leine laufen und lässt sich aufregende Zirkuskunststücke beibringen.

Das Physik-Pleiten-Wunder

Auch Tage später sind Muffin und ich von einer atemberaubenden Performance allerdings noch meilenweit entfernt. Das faule Tier liegt mal wieder auf meinem Schoß und pennt. Seit Tagen versuche ich schon, mit ihm eine Hindernis-Nummer einzustudieren – ich habe im Zimmer eine Art Parcours aufgebaut. Gar nicht mal so schwierig, wie ich finde. Ich meine, ich erwarte ja nicht, dass er einen doppelten Salto bringt oder anfängt, Kung-Fu zu machen.

Dieses *kleine* Brett, über das er klettern, und der *harmlose* Schuhkarton, in den er rein- und rauslaufen soll ... das ist doch wirklich ganz easy. Aber trotz meiner wahnsinnig guten Fähigkeiten als Katzen-Coach wirkt er weder ehrgeizig noch motiviert. Dabei lobe ich ihn echt die *ganze* Zeit! Neulich ist er zwar in den Karton rein, aber dann ist er darin einfach eingeschlafen.

Gleichzeitig versuche ich, nicht mehr so oft an den Paula-Zicken-Cliquen-Stress zu denken. Was mir auch ganz gut gelingt, denn im Moment ist alles, was mit Schule zu tun hat, sowieso nicht gerade Nummer eins auf meiner Gedanken-Top-Liste. Na ja, Fabi natürlich ausgenommen.

Das Training macht mir einfach Riesenspaß. Im Zirkus sind alle so locker drauf, und klar – Tessa ist einfach supernett.

Wie Fabi schon sagte, es ist megapraktisch, wenn die beste Freundin im Haus wohnt.

Aber ... *beste Freundin*? Ist Tessa das denn? Auf einmal muss ich wieder an Sorina denken – und daran, wie eifersüchtig ich bin. Oder war. Ehrlich gesagt, würde ich sie gerne mal wieder anrufen und ihr erzählen, was so bei mir passiert ist, aber ...

... ich seufze und kraule den vor sich hin brummelnden Muffin ...

... sie ruft mich ja auch nicht an. Wahrscheinlich ist sie mit Alisha jetzt ein Herz und eine Seele.

Muffin hebt sein Köpfchen, fast vorwurfsvoll.

Mir kommt es vor, als würde er sagen wollen: „Na und? Du bist doch auch ein Herz und eine Seele mit Tessa, oder nicht?"

„Lenk nicht ab, Muffin!", sage ich streng und höre mit der Kraulerei auf. „Wir müssen trainieren."

Ich greife ein Katzenleckerli aus der kleinen roten Schüssel und schaue Muffin auffordernd an. Papa hat mir den Tipp gegeben: Jedes Mal, wenn er etwas macht, das in die richtige Richtung geht, soll ich ihn mit einem Leckerli belohnen. Er meint, das nennt sich Verstärkungslernen. Geniale Idee, fand ich und habe vorgeschlagen, dass ich jedes Mal, wenn ich zum Beispiel Hausaufgaben mache, Extra-Taschengeld bekomme. Oder wenn ich meine Schultasche gleich auspacke, oder wenn ich das Mäppchen raushole ...

Papa hat aber nur gegrunzt und was von Bestechung und „kommt nicht in die Tüte" gemurmelt. Wär ja auch zu schön gewesen!

Jedenfalls brauche ich wirklich *tonnenweise* Geduld, um hier mit dem Zirkusnachwuchskater weiterzukommen. „Los, Muffin", versuche ich, ihn anzufeuern. „Wenn du so weitermachst, dann kann Ratte bald beim Balancieren noch rückwärts Purzelbaum schlagen, während du immer noch dahockst und das Brett anfauchst."

Was er auch prompt noch mal macht! Besonders laut sogar, und er starrt mich an: „Sorry, aber das mag ich gar nicht, das Zeug da nervt. Ich glaube, du verwechselst mich mit Lassie!"

Tja, Katzen sind halt ganz schön stur. Vielleicht sollte ich mir etwas anderes überlegen, um seinen Akrobaten-Katzen-Nerv zu treffen?

Da klopft es ans Fenster. Erschrocken zucke ich zusammen, doch dann muss ich lachen: Tessa! Ich glaube, ich werde mich nie daran gewöhnen, dass meine Freundin auf Stelzen umherwandert und einfach an mein Fenster klopft, wenn sie mit mir quatschen will. Rasch stehe ich auf und öffne.

„Hey Lilli", Tessa ist augenscheinlich bestens gelaunt. „Wie geht's, wie steht's? Was macht das Pudelbarometer, und wie geht's mit Fabi?" Inzwischen weiß Tessa ganz gut Bescheid über meine Klasse, denn ich habe ihr nicht nur von Paula, sondern auch ziemlich ausführlich von Fabi erzählt.

„Fabi geht's prima, aber Paula hat heute wie immer total genervt", erzähle ich dann. „Und wir hatten ewig lange Mathe und Physik. Echt, ich bin fast gestorben. Wie war's denn bei dir?"

„Suuuupergenial – wir haben in Bio an so einem Experiment gearbeitet. Ach ja, und in der Pause habe ich mir mit Rania noch ein paar ziemlich gute neue Zirkusnummern überlegt."

Sofort verspüre ich einen fiesen Eifersuchtsstich.

„Is irgendwas?", fragt Tessa prompt.

„Nöö, was soll denn sein?", antworte ich ein bisschen pampiger, als ich eigentlich will. Tja, ich habe natürlich ganz vergessen, das Tessa Gedanken lesen kann.

„Du Schaf!", sagt sie grinsend. „Ich war doch noch gar nicht fertig. Ich soll dich von Rania grüßen und fragen, ob du nächstes Mal eine Kassette von dieser Sängerin mitbringen kannst, die ihr beide so gut findet. Hannah Cyrus oder so … keine Ahnung."

Meine Eifersucht ist sofort verflogen, und ich ärgere mich, dass ich so blöd reagiert habe. „Na klar, gerne! Wann wollen wir morgen los? Gleiche Zeit?"

„Genau. Aber …" Tessa schaut irritiert an mir vorbei und ins Zimmer hinein. „Was ist denn mit dem Keks los?"

Muffin hat sich nämlich inzwischen demonstrativ in sein Körbchen verzogen: „Ich streike!" soll das wohl heißen.

„Er will einfach nicht." Vorwurfsvoll sehe ich zu Muffin hinüber, der uns was vorgähnt.

„Vielleicht solltest du ihn wirklich mal mitbringen, dann kann er mit Ratte Zirkusluft schnuppern."

„Da sollte er am besten gleich das ganze Zelt einatmen", bemerke ich leicht frustriert. Aber Tessa ist zuversichtlich. „Ach, wart mal ab! Wenn der sieht, was Ratte so alles draufhat, wird der irgendwann doch noch ehrgeizig … Schau mal, was ich kann!" Sie nimmt eine Hand von der Stelze und winkt mir zu.

„Sobald ich es schaffe, das Gleichgewicht zu halten, wenn ich die andere Hand auch noch wegnehme, kann ich anfangen zu jonglieren. Super, was?"

Ich blicke besorgt nach unten: Das tut bestimmt ziemlich weh, wenn man da runterfällt. „Tessa, pass …"

Doch es ist schon zu spät: Denn in diesem Moment beginnt Tessa zu straucheln, die Stelzen neigen sich verdächtig in Richtung Hauswand, und jetzt kippen sie endgültig. Tessa jedoch, ganz Akrobatin, nutzt den letzten Schwung, nimmt Kurs direkt auf mich zu, und hängt jetzt wie ein Klammeraffe am Fensterbrett.

„Achtung, ich zieh dich rein!", rufe ich. Und obwohl ich vor Schreck ganz wackelige Knie bekommen habe, zerre ich Tessa am Arm hinein.

Klar, das macht natürlich einen Heidenlärm. Und da kommt auch schon meine Mutter rein – ohne anzuklopfen, versteht sich. Genau in dem Moment, in dem Tessa ins Zimmer hechtet.

Mama starrt uns beunruhigt an und scheint erst gar nichts zu verstehen. Na ja, kein Wunder. Immerhin liegt Tessa mit zerschrammten Knie und eingerissenem Ärmel am Boden und flucht leise vor sich hin.

„Was ist denn jetzt schon wieder los?" Aufgeregt blickt sie von Tessa zu mir. Ich überlege angestrengt, was ich Kluges sagen könnte, aber so eine Aktion kann man wohl nicht so erklären, dass Eltern es verstehen. Also versuchen wir es erst gar nicht. Dummerweise bekommen wir jetzt noch, ganz unpassend, wie auf Knopfdruck einen Lachanfall.

Meine Mutter sieht uns an, als hätten wir nicht mehr alle Tassen im Schrank.

„Tessa, bitte nimm doch nächstes Mal die Tür", sagt sie schließlich.

„Okay. Macht zwar nicht so viel Spaß – aber natürlich – geht klar."

„Sag mal", fragt Mama auf einmal und hat wieder diesen leichten Grünstich im Gesicht. „Hast du, hast du ... deine Ratte dabei?", würgt sie schließlich hervor.

Tessa zieht ihren Pulloverausschnitt absichtlich ein bisschen beiseite, als würde sie suchen oder darin nachschauen. „Hmmm, habe ich?"

Sie macht ein nachdenkliches Gesicht, woraufhin meine Mutter immer unruhiger wird.

„NEIN! Ich hab Ratte zu Hause gelassen."

„Oh, gut." Mama wirkt ganz unglaublich erleichtert. Doch während ich das alles so komisch finde, dass ich fast zusammenbrech vor Lachen, wird Mama ziemlich unlustig. „Wie weit bist du mit deinen Hausaufgaben, Lilli?"

Ich stöhne nur leise in mich hinein, und schon mischt sich Tessa mit fröhlicher Stimme ein: „Die kann sie ja später machen. Unsere Lehrer meinen, man soll sich in der Zeit von 14 bis 16 Uhr erst mal ordentlich ausruhen. Relaxen und so, zum Kräfte tanken ..."

„So, so!", entgegnet meine Mutter. Und sieht dabei aus, als stünde sie kurz vorm Platzen. „Das ist ja sehr hilfreich, aber Lilli geht nicht auf irgendeine freie Schule", teilt sie der völlig verdatterten Tessa streng mit. „Bei ihr gibt es Noten, Zeugnisse und Sitzenbleiben. Und Hausaufgaben auch zwischen 14 und 16 Uhr."

Oh Mann, Mama voll in Fahrt. Die arme Tessa!

„Und du gehst jetzt mal bitte hoch, damit deine Mutter dir die Schramme verarzten kann. Sieht zwar nicht lebensgefährlich aus, aber es wäre schon besser, wenn es gereinigt wird."

Also, jetzt bin *ich* sauer und funkle meine Mutter wütend an: Unhöflicher geht's wohl nicht. Ich meine, das ist ja fast ein Rausschmiss!

Ich werfe Tessa einen entschuldigenden Blick zu, die auf einmal ziemlich still ist, obwohl sie sonst nicht auf den Mund gefallen ist.

„Sorry", stottert sie schließlich, zwinkert mir dann aber doch kurz zu. „Also, ich geh mal nach oben. Wir sehen uns morgen, oder?"

„Klar", antworte ich und lächle zurück.

Kaum ist sie weg, wettere ich los. „Warum bist du denn so komisch zu Tessa? Sie hat doch gar nichts gemacht."

Doch anscheinend hat meine Mutter keine große Lust auf Diskussionen.

„Ich habe nichts gegen Tessa, aber du solltest dich mal lieber um die Schule kümmern. Du bist jeden Nachmittag am Rumturnen. Entweder hier oder im Zirkus, und morgen willst du da direkt wieder hin. Ich frag mich schon, wann du eigentlich noch lernen willst. Ihr schreibt doch bestimmt demnächst Klassenarbeiten?"

Upps! Stimmt – so was gibt es ja auch noch.

Trotzig setze ich mich an meinen Schreibtisch. „Ich lerne sehr wohl!", verkünde ich. „Und außerdem – was ist denn mit Karo? Die ist nie zu Hause. Dauernd hängt sie bei Freunden rum. Aber da sagt ihr nichts. *Da* kommt ja gleich wieder die Pubertätsleier."

Genervt verdreht meine Mutter die Augen. „Bravo, Hauptsache ablenken ... Also, ich muss mich ums Abendbrot kümmern."

Na okay, ein bisschen hat sie vielleicht sogar recht ... obwohl ich das eben niemals zugegeben hätte. Seufzend gehe ich in mein Zimmer und krame meine Sachen hervor. „Aber wenn ICH büffeln muss", sage ich zu Muffin, „dann übst DU in der Zwischenzeit den Parcours!"

MAUNZ! Muffin saust durch den leicht geöffneten Türspalt nach draußen. Garantiert in Richtung Küche. Denn von da kommt so ein leckerer Duft ins Zimmer geweht.

„Ja, ja, lass mich nur alleine, du Verräter", brumme ich, während ich im Buch herumblättere. Dabei fällt mir ein Notizzettel in die Hand, und auf einmal beginnt es wie verrückt in meinem Magen zu grummeln, und zwar nicht nur vor Hunger. Da steht nämlich etwas höchst Beunruhigendes in großen schwarzen Buchstaben.

Buchstaben, die eindeutig ich selbst geschrieben, aber komplett vergessen hatte: *Physikarbeit nächsten Dienstag*. Und darunter stehen die Themen, die drankommen. Schnell überfliege ich die ellenlange Liste.

Tja, das wäre dann ja wohl – Schluck! – morgen!

Ziemlich geschockt schleppe ich mich in Richtung Bushaltestelle. Fabi trottet neben mir her und versucht schon den ganzen Weg ziemlich erfolglos, mich zu trösten.

Okay, ich hatte wohl noch Glück im Unglück. Die Physikarbeit wurde nämlich auf nächste Woche verschoben. Aber dieses Fiasko heute wird als Test gewertet. Und soll blöderweise von den Eltern unterschrieben werden. Die Lehrerin hat die korrigierten Tests doch glatt in der fünften Stunde schon wieder zurückgegeben. Echt, die Lehrer sind auch nicht mehr das, was sie mal waren! Normalerweise brauchen die doch viel länger! Missmutig stapfe ich vor mich hin. Ich wäre fast vom Stuhl gekippt, als ich die große rote Fünf unter dem Test gesehen habe.

Fabi boxt mich aufmunternd in die Seite: „Ach komm", behauptet er. „Man kann nicht alles gut können. In den anderen Fächern bist du doch ganz gut … Ähm, ja, ich meine, außer noch in Mathe."

Dieser letzte Kommentar hilft auch nicht gerade, meine Laune zu verbessern. „Ach, so ein Mist!", entfährt es mir, während ich frustriert einen Stein wegkicke. „Meine Eltern sind im Moment eh schon auf dem Du-musst-mehr-lernen-Trip. Wenn die *das* hier mitkriegen, sagt meine Mutter bestimmt so was wie *Siehst du, ich hab's ja gleich gesagt!* Und dann kann ich mir Cirakalo direkt vom Plan streichen."

Fabi bietet mir schweigend einen Schokoriegel an, aber ich schüttele den Kopf. „Was mache ich bloß, wenn sie mir verbieten wollen, zum Training zu gehen?"

Er zuckt mit den Achseln und kaut nachdenklich an dem Schokoriegel, während ich weiter vor mich hin jammere.

„Du musst es ihnen halt einfach gut verkaufen. So von wegen ..." Er bleibt stehen, setzt ein ernstes Gesicht auf und rattert los: „‚Hey Mum, Dad, WAS für ein GLÜCK! Die Arbeit wird erst *nächste* Woche geschrieben. Jetzt kann ich mich die *ganze* Woche reinknien! Das heute war natürlich nur ein *Test*. Aber die Arbeit: Das wird eine ZWEI – mindestens. Wenn ihr hier gerade mal unterschreiben könntet. Danke. Dann gehe ich gleich mal wieder lernen. Ciao.'" Er beißt noch mal in den Schokoriegel, nun wieder mit normalem Fabi-Gesicht, und grinst mich an. „Verstehst du, was ich meine?"

Jetzt muss ich trotz allem lachen. „Fabi, du solltest in die Theater-AG!", teile ich ihm mit.

Geschmeichelt streicht er sich über die Wange, und wir schlendern weiter. „Vielleicht finden meine Eltern das mit dem Test ja wirklich nicht so schlimm", murmle ich nachdenklich. „Aber wie soll ich denn in so kurzer Zeit das alles in meinen Holzkopf kriegen?"

Er zuckt bedauernd mit den Schultern. „Tja, ich würd dir supergerne helfen, aber mit meiner Vier kann ich auch nicht grad glänzen."

Eigentlich ist Fabis Vorschlag wirklich nicht schlecht. Hm, aber ich glaube, ich werde meinen Eltern trotzdem erst heute Abend von dem Test erzählen. Sonst lassen die mich vielleicht gar nicht zum Training, und da will ich grad heute unbedingt hin. Mal sehen, vielleicht hat Tessa einen Elternberuhigungs-Tipp.

Völlig in Gedanken trudele ich am Nachmittag in der Manege ein, wo die anderen schon mit dem Training angefangen haben.

Flo übt mit Sarah eine Einraddrehung. Mariella zeigt Tessa gerade, wie man seinen Schenkel dehnt, weil die in letzter Zeit öfter mal Krämpfe hat.

Hey Leute, denke ich und tue mir selber ganz fürchterlich leid. Ich hab auch einen Krampf, einen Lernkrampf!

Rania kommt mit prüfendem Blick auf mich zu. „Was ist dir denn für eine Horde Läuse über die Leber getrampelt?"

„Ach …“, sage ich, „… Physikläuse.“

Ich schildere kurz das Drama, doch Rania winkt ab. „Mach dir nicht so viele Gedanken. War doch nur ein Test. Und du kannst ja mit Tessa üben, die hat das voll drauf.“

Ich stutze. „Aber ihr nehmt doch nicht das Gleiche durch wie wir! Ich meine, ich bin ja nicht auf der freien Schule und so.“

„Na ja, dann halt nicht“, sagt Rania knapp. „Aber Tessa würde bestimmt gerne helfen. Und mein Spezialgebiet ist übrigens Mathematik.“

Dankbar lächele ich sie an, und Flo, der sich inzwischen dazugestellt hat, haut mir verständnisvoll auf die Schulter: „Keine Angst! Das Physikmonster ist eigentlich nur 'ne kleine doofe Kröte. Die haust du in die Tonne!“

Tessa, die in diesem Moment näher kommt und die letzten Worte aufgeschnappt hat, ist sofort höchst interessiert. „Was?“, fragt sie mit blitzenden Augen. „Du hast jemanden in die Tonne gehauen? WEN? Paula?“

Ich stöhne auf. „Tessa! Nicht GEhauen, nur VERhauen, nämlich den Physiktest. Nächste Woche steht auch noch die Klassenarbeit an.“

Aber Tessa reagiert wirklich ganz entspannt: „Das ist gar kein Problem. Ich kann's dir erklären.“

„Echt?“ Das klingt ja schon mal gut. „Okay, wir können es ja zumindest versuchen.“

Tessa lacht übers ganze Gesicht und hat wieder so einen übermütigen Ausdruck in den Augen. „Versuchen?" Sie zieht eine Augenbraue hoch, setzt die Hände auf den Boden und macht einen perfekten Handstand. Einfach so! Dann kommt sie wieder in die Senkrechte und zeigt auf mich: „Wir präsentieren das nächste Physikgenie – nämlich *dich*."

Alle lachen, und auch mir geht es auf einmal viel besser.

Und dann geschieht ein regelrechtes Wunder. Der wortkarge Yannick ruft auf einmal so laut, dass sich alle zu ihm umdrehen: „Hey Lilli!"

Wow, bis jetzt hat er noch gar nicht mit mir geredet! Aber nun dreht er sich kreiselnd auf dem Boden, kommt in die Hocke und serviert mir doch tatsächlich einen kleinen Trost-Rap:

„Hey Lilli, stress dich nicht so sehr.
Komm lieber öfters her.
Du hast mehr drauf, als alle denken.
Ey, das Gemecker können die sich schenken."

Also, ich steh nur da und guck: Das hier ist gerade zieeeeemlich cool. Plötzlich bin ich so guter Laune, dass ich gar nicht mehr verstehe, worüber ich mich grad noch so aufgeregt habe.

Es war ja wirklich nur ein Test! Für nächste Woche übe ich einfach wie irre mit Tessa. Und meinen Eltern werde ich das genauso erklären, wie Fabi es vorgeschlagen hat.

Auf einmal habe ich richtig Schwung drauf – viel zu viel, um alleine vor mich hin zu jonglieren. Ich spurte zu Mariella und bitte sie, mir noch mal zu erklären, wie ich diese Radwende hinbekomme: Rad schlagen und dabei drehen. Echt schwierig, aber bei Tessa und Rania sieht das total gut aus, wenn die gleichzeitig in einem Wahnsinnstempo loslegen. Mariella schwärmt schon die ganze Zeit davon, dass die Nummer bei der letzten Aufführung so gut angekommen ist, und das spornt mich sogar noch mehr an. Ich möchte UN-BE-DINGT mitwirbeln, wenn die nächste Vorstellung ansteht! Und irgendwie schaffe ich es auch jedes Mal ein bisschen besser.

Am Ende der Stunde ist mir so schwindelig, als wäre ich 25-mal am Stück Achterbahn gefahren – also, nicht dass ich das schon mal gemacht hätte, nur genauso stelle ich es mir vor. Aber wen kratzt schon das bisschen Drehwurm, wenn Applaus aus der ersten Reihe lockt?

„Das kann doch jedem mal passieren!" Ich bin völlig außer mir. Von wegen alles halb so schlimm: Meine Eltern halten sich einfach nicht an mein schön geplantes Drehbuch, und statt alles schön locker zu nehmen, sind beide wie wild am Feuer spucken.

„Lilli! Du hast eine *Fünf* geschrieben! Das geht so wirklich nicht!" Meine Mutter ist ziemlich von der Rolle. Das weiß ich deshalb, weil sie die gleiche hohe Ich-reg-mich-auf-Kreisch-Stimme hat wie damals, als Karo mal einen blauen Brief bekommen hatte.

Mann, ich bin so was von fertig! Wir quieken und kreischen uns jetzt schon geschlagene zehn Minuten an. Wieso gibt es keine Pause-Taste, die ich drücken kann, um die Show hier anzuhalten?

„Wir wissen ja, dass es nicht gerade leicht ist auf der neuen Schule", sagt nun auch mein besorgter Papa zum hundertsten Mal. „Aber gleich eine FÜNF?"

„Aber Papa! Das war nur ein *Test*! In der Arb…"

Doch ich komme gar nicht dazu auszureden, denn schon tönt die hohe Stimme meiner Mutter wieder los: „Genau! *Da* wirst du wohl hoffentlich nicht wieder danebenhauen."

Es folgt ein Unschuldsblick von meiner Seite, zusammen mit wildesten Versprechungen. Sie nicken, wenn auch etwas zweifelnd, und ich hoffe, gleich in mein Zimmer verschwinden zu können.

Aber da legt meine Mutter schon wieder los. „Seit du mit Tessa rumziehst, machst du gar nichts mehr für die Schule. Das Einzige, was dich noch interessiert, sind sie und dieser Zirkus. Das ist sowieso nicht die beste Gegend. Tessas Eltern ist das anscheinend egal – mir nicht."

Also, *das* regt mich jetzt wirklich auf! „Tessa ist meine Freundin!", feuere ich zurück. „Und die Cirakolos auch, und das habe ich nur ihr zu verdanken. Ich hätte auch gern mehr Freunde in der Schule. Aber falls ihr euch erinnert: Wir sind gerade erst umgezogen, und das war eure Idee und nicht meine. Ich wäre gern zu Hause geblieben … Ach, vergesst es einfach!"

Ich habe keine Lust mehr auf diese Tessa-und-Schul-Diskussionen und will gerade rausstürmen, als Papa tief Luft holt und vorschlägt, dass ich einfach mal eine Woche zu Hause bleiben und mich aufs Lernen konzentrieren soll.

„Alles Weitere werden wir dann sehen", sagt er abschließend und vertieft sich in seine Zeitung – ein mehr als eindeutiges Zeichen, das jetzt ein würdevoller Abgang angesagt ist.

Auch Mama hat dem wohl nichts mehr hinzuzufügen und vertieft sich ihrerseits in irgendeine Zeitschrift, als müsse sie die auswendig lernen.

Mit hängenden Schultern schlurfe ich in mein Zimmer. Irgendwie ist die Luft raus. Ich werf mich auf mein Bett und starre vor mich hin. Seufz, eine unendliche Woche der Einsamkeit liegt vor mir!

Ich könnte mir natürlich den Test noch einmal vornehmen. Aber ich weiß, dass das total sinnlos wäre. Das verstehe ich sowieso niemals!

Da höre ich ein Klingeln an der Tür.

Das hatte ich ganz vergessen! Tessa wollte mich doch zum Eisessen abholen. Fabi hat mir nämlich schon vom weltbesten Erdbeereis im *Soleil* vorgeschwärmt: Kugeln groß wie Tennisbälle!

Rasch stehe ich auf und öffne meine Zimmertür. So bekomme ich mit, wie meine Mutter Tessa erklärt: „Tut mir leid, aber Lilli muss in nächster Zeit mehr lernen. Die Physikarbeit nächste Woche ist sehr wichtig."

Tessa linst fast ein bisschen erschrocken in meine Richtung.

Ich versuche, ihr eine Gedanken-SMS zu schicken: „Hilfe – Physik-Pleite auf der ganzen Linie!" Ob sie mich verstanden hat?

Sieht nicht so aus. „Schade", sagt sie nur und winkt mir zu. „Na ja, dann bis bald mal."

In ziemlich mieser Stimmung verzieh ich mich wieder an meinen Schreibtisch und greife mir nun doch den Test und das Physikbuch.

Für die nächste halbe Stunde herrscht Stille im Zimmer, und nur das Rauschen in meinem Kopf ist zu hören. Es ist nicht so, dass ich es nicht versuche, trotzdem kann mich auch beim besten Willen nicht erinnern, wie das noch mal im Unterricht war. Ich blättere und blättere – aber die Erklärungen in meinem Buch verwirren mich nur noch mehr.

Hilfe suchend schaue ich zu Muffin. „Kannst *du* mir nicht helfen? Ich verspreche dir, du musst nie wieder mit mir trainieren, wenn du ein einziges Mal den Zauberkater aus dem Nachhilfeland gibst!" Ich starre ihn an. Er starrt zurück. Aber er hat wohl nicht vor, mir Physikformeln zu erklären. Na – kein Wunder bei Muffins Arbeitseinstellung.

Es klingelt erneut an der Haustür.

„LILLI, kommst du bitte mal!", ruft meine Mutter.

Ich schlurfe also wieder nach draußen.

Jippie!

Es ist noch mal Tessa, die dort brav wie ein Engel und mit frisch gekämmtem Haar steht. Sie hat einen ganzen Bücherstapel angeschleppt und steht leicht schwankend vor meiner Mutter.

Die schaut überrascht zwischen uns beiden hin und her.

„Hier!" Tessa streckt mir den Stapel entgegen. „Ich habe dir einige meiner Physikübungsbücher gebracht. Vielleicht helfen die dir ja beim Lernen. Ich finde sie sehr gut."

Schweigend nehme ich das erste Buch entgegen und sehe Tessa neugierig an. So vorbildlich, wie sie tut, führt sie doch garantiert etwas im Schilde!

Ich blättere kurz in dem Buch. „Aber … wir sind noch gar nicht so weit mit unserem Stoff", stelle ich fest.

„Ach so?!" Tessa blinzelt unschuldig. „Tja, das hatte ich halt letztes Jahr schon. Moment, ich glaube … Ach ja, hier in diesem Buch sind die Übungen dazu. Und glaub mir, es ist wirklich nicht schwer. Also, na ja, ich finde es zumindest superleicht."

Ich blättere weiter in dem Wunderübungsbuch und murmele zweifelnd: „Danke, Tessa! Ich hoffe nur, dass ich das verstehen werde. Unsere Lehrerin hat das irgendwie so komisch erklärt."

„Also, ich könnte dir das in zehn Minuten so erklären, dass du es verstehst", sagt Tessa und klingt so, als wäre sie wirklich von dem überzeugt, was sie da sagt. Mit einem Blick auf meine Mutter fügt sie noch in gleichgültigem Ton hinzu: „Aber ich bin mir sicher, dass du das auch irgendwann selbst kapierst. Also, wenn du dich da eine Zeit lang durcharbeitest und so."

Jetzt ist mir klar, worauf Tessa hinauswill ... und meiner Mutter anscheinend auch. Nachdenklich schaut sie auf den Bücherstapel und dann wieder auf Unschulds-Tessa direkt vor uns.

„Also, hm, ja, wenn du in Physik so gut bist und du ...", sie schaut mich eindringlich an, „... wirklich versprichst, dich total ins Zeug zu legen, dann könnt ihr zusammen lernen."

Sie schweigt einen Moment mit gerunzelter Stirn.

„Aber die Ratte ...", beginnt sie da auch schon.

„Habe ich natürlich zu Hause gelassen", spielt Tessa ihre

Rolle brav weiter, und ich kann mir gerade noch verkneifen, begeistert in die Hände zu klatschen.

„Wollen wir gleich anfangen, Lilli?"

Entschiedenes Nicken. „Klar!"

Und so finden wir uns keine zehn Minuten später in schöner Eintracht nebeneinander an meinem Schreibtisch wieder, lernen wie die Engel und unterhalten uns leise.

„Tessa, du bist meine Rettung", gestehe ich ihr. „Ich wär hier fast durchgedreht. Ich glaube, dass die mir den Cirakalo am liebsten verbieten wollen: weil ich mehr lernen soll und weil das Zelt in so einer ‚supergefährlichen' Gegend ist."

„Die wollen dir den Zirkus verbieten?", fragt Tessa erschrocken. „Das können die uns doch nicht antun! Da gibt es nur eins!" Entschlossen klappt sie eines ihrer Bücher auf und erklärt auf meinen fragenden Blick hin schulterzuckend. „Du musst in der nächsten Arbeit eine Eins schreiben! Also Konzentration bitte!"

„Aha", murmle ich und weiß gar nicht, ob ich davon so richtig begeistert sein soll. „Du kannst ja richtig streng sein."

„Jetzt guck mich nicht so entsetzt an!" Tessa pufft mich leicht in die Seite. „Überleg mal: Wenn ich es schaffe, deiner Mutter zu beweisen, dass ich die Physikkönigin bin und dich auf eine Eins oder, na sagen wir, eine Zwei bringe –, dann wird sie bestimmt nie mehr was dagegen haben, wenn wir zusammen trainieren."

„Okay ...", sage ich gedehnt. Das macht ja schon irgendwie Sinn. Also strenge ich mich wirklich an. Mein Kopf raucht wie eine Dampfmaschine, als ich versuche, mir die gelb markierten Merksätze ins Hirn zu brennen. *Der Kraftarm ist der Normalabstand der Drehachse von der Wirkungslinie einer Kraft.*

Aber es hilft alles nichts: „Tessa, es ist ganz komisch! Ich kann den Satz auswendig, aber irgendetwas fehlt. Ich blick's immer noch nicht." Ich seufze. „Wenn das so weitergeht, werde ich niemals eine gute Note schaffen."

Tessa rauft sich in übertriebener Verzweiflung die Haare. „Bitte keine Motzanfälle. So schnell gebe ich nicht auf."

Sie denkt kurz nach und steht dann auf.

„Vergiss das Buch, nimm mich – als lebendes Physik-Lexikon."

Hä?

„Also nehmen wir doch einmal diese Aufgabe", fuchtelt sie so wild drauflos, dass ich mir ernsthafte Sorgen um sie mache. Vielleicht ist sie einfach übergeschnappt?!

„Wenn das hier der Körper ist, den du heben willst ...", sie rudert mit ihren Armen, „... und ich benutze dazu diesen Hebel, wo muss ich ansetzen ... hier oben?" Sie wischt sich übertrieben ächzend über die Stirn und hüpft nach rechts. „Oder hier unten?" Wieder macht sie eine Hebelbewegung, aber diesmal ganz lässig.

Die Verrenkungen, die Tessa da anstellt, sehen total absurd aus. Doch auf einmal trifft es mich wie ein Blitz: „Moment mal, ja genau! Ich hab es verstanden." Ich zeige auf die Zeichnung. „Eine kleine Kraft am langen Hebelarm wirkt genauso wie eine große Kraft am kurzen Hebelarm."

„Und genau hier ist der Drehpunkt!", ergänzt Tessa und deutet auf die Zeichnung in meinem Heft.

„Natürlich!" Ich schlage mir mit der flachen Hand auf die Stirn. „Ich habe es von der falschen Seite gesehen!"

Bewundernd schaue ich zu Tessa, die sich ausgiebig verbeugt: „Ich weiß, ich weiß. Ich bin gut."

Es klopft es an der Tür. Pfeilschnell sitzt Tessa wieder neben mir, die Nase tief in eins der Bücher versenkt. So sieht meine Mutter zu ihrer großen Freude keine Ratte, sondern zwei brave, wenn auch verdächtig schnaufende Lernmäuse, die sich jetzt artig für Kekse und Kakao bedanken. Neugierig schaut sie auf das Heft, in das ich gerade eine Lösung kritzele.

„Sieht ja sehr kompliziert aus", stellt sie fest, und als Tessa prompt den Mund öffnet, bitte ich sie inständig in Gedanken: *Jetzt nicht wieder aufspringen und Physiknachhilfetheater veranstalten!*

Doch ich reg mich ganz umsonst auf. Unschulds-Tessa ist zurück und strahlt mit ihren großen blauen Augen meine Mutter an. „Kompliziert? Keine Spur! Alles nur eine Frage der Konzentration und des Übens."

Schnell beiße ich in einen Keks, um nicht laut herauszulachen, und Mama zieht sich tief beeindruckt zurück.

Tessa ist echt der Hit.

Schulfest-Alarm

„Also ganz ehrlich, das hätte besser ausfallen können!“

Mit gerunzelter Stirn holt Frau Klemm den Stapel korrigierter Physikarbeiten aus ihrer Tasche. Man sieht sogar noch in der vorletzten Reihe all die roten Korrekturen.

Ich reiße nervös die Augen auf.

Das kann jetzt einfach nicht sein! Nach der ganzen Lernerei mit Tessa hatte ich das erste Mal in einer Physikarbeit das Gefühl, alles zu verstehen, sogar die Fragen zum Drehmoment. Man muss sich das mal vorstellen: Tessa und ich, wir haben in der letzten Woche wirklich JEDEN Tag gelernt! Trotzdem rutsche ich unsicher auf meinem Stuhl hin und her.

Paula fängt meinen Blick auf und dreht genüsslich eine ihrer blonden Locken auf den Finger. „Na, Miss Tollpatsch, Angst?“, zischt sie leise.

Doofe Kuh.

Ich schaue zu Fabi, der seine Arbeit schon in den Händen hält. Na ja, eine Drei minus ist okay.

Plötzlich steht die Klemm neben mir und haucht mir in den Nacken. Mich überläuft es eiskalt.

„Eine sehr schöne Überraschung! Nach deinem Test letzte Woche hätte ich das wirklich nicht erwartet! Gut gemacht!" Sie gibt mir den Zettel in die Hand, auf dem dick und fett eine Zwei prangt. Das Minus kann man ja wohl vollends außer Acht lassen ... Die Lernerei hat es echt gebracht!

Als es zur Pause klingelt, drängen sich mal wieder alle gleichzeitig durch die Tür, um so schnell wie möglich zur Cafeteria zu kommen.

Mitten in all dem Gedrängel stecken Fabi und ich, wobei ich immer noch im Freudenrausch bin und mehr hüpfe als laufe. „Puh, jetzt können meine Eltern nicht mehr motzen, wenn ich trainiere!"

„*Ich* hab jetzt erst mal Hunger", ruft Fabi. „Das muss vom Physikunterricht kommen."

Ich öffne den Mund, aber Fabi lässt mich gar nicht zu Wort kommen: „... und bevor du jetzt wieder sagst, dass ich eh immer Hunger habe, muss ich dir was verkünden: Ich habe vor abzuspecken." Er sieht mich stolz an.

„Ach?“ Ich finde nicht, dass er soo dick ist. Unauffällig mustere ich ihn von Kopf bis Fuß. Wirklich nicht! Und mit seinen wuscheligen Haaren und den blauen Augen sieht er gar nicht schlecht aus.

„Wie jetzt? Außer ACH fällt dir dazu nichts ein?“, fragt Fabi übertrieben vorwurfsvoll.

„Äh, nee, doch“, sage ich schnell. „Ich meine, finde ich super, was du vorhast!“

„Dann ist ja gut.“ Er lächelt mich zufrieden an, und als er an der Reihe ist, nimmt er einen Obstsalat, obwohl ich vor seinen Augen eines seiner heiß geliebten Schaumbrötchen verputze.

„Ist bestimmt nicht so einfach, oder?“, frage ich mitfühlend. Bei der bloßen Vorstellung, auf alle Süßigkeiten verzichten zu müssen, wird mir ganz schwach.

„Ja, stimmt schon“, gibt er zu. „Aber ich bin einfach genervt, weil ich nach dem Umzug so zugenommen habe. Auf meiner alten Schule habe ich viel mehr Sport gemacht. Aber das ist jetzt ja fast schon wieder ein Jahr her. Ich glaube, ich hab vor lauter Langeweile losgefuttert.“ Er wirft mir einen bedeutungsvollen Blick zu. „Aber über Umzugsfrust muss ich dir ja wohl nichts erzählen, oder?

Ich nicke nur. Plötzlich habe ich jedoch eine Idee: „Komm doch einfach mal mit zu den Cirakalos! Da powert man sich aus und hat noch megaviel Spaß!“

Fabi verschluckt sich fast, dann schiebt er sich schnell noch ein Stück Banane in den Mund, kaut betont langsam, als müsse er nachdenken. „Na ja, man kann sich das ja mal anschauen!", antwortet er schließlich mit funkelnden Augen.

„Was ist denn da los?" Ich deute zum Schwarzen Brett, wo sich die Schüler vor einem riesigen gelben Plakat drängen. *SCHULFEST* steht da groß und fett gedruckt.

„Genial! Schulfest", meint Fabi. „Das ist ja klasse, bestimmt gibt's da total leckere … äh … Obstplatten. Und auf meiner alten Schule gab es eine total krasse Disko, mit DJ und so."

Ich sehe ihn nur schweigend an.

Er starrt einen Moment zurück.

„Okay", gibt er schließlich zu. „Ich hab mich nicht getraut zu tanzen. Aber wir aus der Unterstufe durften auch nur bis 20 Uhr rein. Später hätte ich bestimmt getanzt."

„Oh, ja klar!", necke ich ihn. „Vielleicht kannst du das ja diesmal nachholen!"

„Umpf, mal sehen." Mehr sagt er nicht zu dem Thema, und jetzt klingelt es auch zum Unterricht.

Mit ungetrübter Physik-Erfolgs-Laune setze ich mich an meinen Platz. Fabi ist noch auf dem Flur und unterhält sich mit jemandem aus der Parallelklasse.

Paula rückt gerade ihren Haarreif zurecht. Sie und Hannah besprechen sich mit wichtigem Gesicht: „Also, ich würde beim Schulfest diesmal gerne wieder ein paar meiner Klamotten verkaufen. So wie letztes Jahr", teilt sie dieser lautstark mit. „Du weißt ja, Hannah, ich habe einfach viiel zu viele Sachen."

Ach, du meine Güte! Ich gähne nur und schaue in Richtung Tür, denn gerade kommt Fabi reingestürmt, dicht gefolgt von Frau Herrlich, die mit leuchtenden Augen und fliegendem Schritt das Klassenzimmer betritt. Bestimmt ist sie selbst schon im Schulfest-Fieber ...

„Ihr habt wahrscheinlich alle das Plakat in der Aula gesehen", legt sie auch gleich los. „Das nächste Schulfest steht an, und wie immer wollen wir möglichst viel Spaß haben." Sie hüstelt kurz und fügt schnell hinzu: „Und ein paar Einnahmen könnten wir auch gebrauchen. Diesmal allerdings nicht für die Klassenkassen, sondern für den Neubau unserer Turnhalle. Der hat ganz schön viel Geld verschlungen. Deswegen haben wir beschlossen, sämtliche Einnahmen des diesjährigen Schulfestes für Sportgeräte zu spenden."

„Genau! Fußballtore!", grölen gleich mehrere Jungs wie auf Kommando los.

Ein paar von den Mädchen stimmen ein: „Und wir bekommen endlich ein großes Trampolin!"

„WENN wir diesmal genug einnehmen", sagt Frau Herrlich irgendwie zweideutig. Fragend sehe ich Fabi an. Hab ich grad was verpasst?

Fabi lehnt sich flüsternd zu mir. „Alex hat mir eben gesteckt, dass unsere Klasse letztes Jahr einen Modeflohmarkt veranstaltet hatte, weil Paula unbedingt wollte."

„Und?", frage ich nach.

„Na ja", zischt Fabi. „War der totale Reinfall. Sie hat nur rumbestimmt und gemotzt. Zum Schluss haben sie fast gar nichts verkauft. Aber es war trotzdem keiner sauer, weil ihre Eltern eine riesige Nachschulfest-Fete veranstaltet haben."

Ich schüttle nur den Kopf. „Wie, und dann will sie das Gleiche jetzt noch mal abziehen?!"

Aber bevor Fabi antworten kann, fragt Frau Herrlich mit erhobener Stimme und Blick in unsere Richtung: „Habt ihr schon erste Ideen, was ihr machen könntet? Vielleicht mal was ganz anderes?" Sie sieht dabei niemanden an, aber es ist ziemlich deutlich, worauf sie hinauswill.

Paula schnallt mal wieder rein gar nichts. Sie erhebt sich wie die Queen persönlich, schaut zu ihrer Clique und labert einfach los: „Ja, genau – was Neues. Diesmal muss meine, ähm, *unsere* Modenschau einfach mehr hermachen. Außerdem sollten wir diesmal schon Eintritt dafür nehmen."

Ihre Freundinnen quietschen vor Freude. Aber ansonsten hält sich die Begeisterung der Klasse doch sehr in Grenzen. Vor allem die Jungs sehen ganz schön angenervt aus.

„Und was machen wir dann? Rumsitzen wie letztes Jahr?", bringt es Sebastian, der Klassensprecher, auf den Punkt.

Einen Moment wirkt Paula irritiert, doch dann lenkt sie ein. „Na, wir brauchen doch auch Leute für die Technik: Bühne bauen, Beleuchtung. Und jemand muss sich um die Musik kümmern. Mein Vater leiht uns bestimmt unsere Anlage und die Farbenlampen aus unserem Partyraum." Sie reißt ihre Augen weit auf und glotzt Sebastian voll fischmäßig an.

Hm, überlege ich. Will die Sebastian jetzt mit diesem Glupsch-Blick hypnotisieren, oder was?

Sieht ganz danach aus. „Hey Basti, du kannst ja den DJ machen!", säuselt sie jetzt.

Hach ... die regt mich ECHT auf.

Basti sieht nun zu den anderen Jungen hinüber, die sich einen abgähnen, und nicht nur die verdrehen genervt die Augen, sondern auch ein paar von den Mädchen. Es ist ganz offensichtlich. Hier finden so einige Paulas Idee nicht so gut.

Sebastian spricht Klartext. „Du, Paula, das mit den Klamotten hatten wir doch schon. Wir könnten echt mal was andres machen, oder?"

Zustimmendes Gemurmel.

Paulas Blick gefriert auf Pinguinwohlfühltemperatur. „Ach so." Sie mustert Sebastian verächtlich. „Und du hast bestimmt schon eine supercoole Idee, was?!" Beleidigt hebt sie die Nase. Ihre Locken scheinen noch mehr als sonst wie elektrisiert in alle Richtungen abzustehen.

Fabi beugt sich zu mir herüber. „Pass mal auf, gleich explodiert die."

Ja, ich geb's zu, das hätte ich gerne gesehen, aber bevor es dazu kommen kann, greift Frau Herrlich leider ein. „Ihr müsst euch ja nicht sofort entscheiden, sagen wir mal bis Freitag, okay?" Sie sieht fragend in die Runde, und als fast alle zustimmend nicken, ergänzt sie: „Dann werden wir sehen, welcher Vorschlag das Rennen macht. Also keine Hausaufgaben heute, aber jeder bastelt für das Fest eine Idee zurecht!"

Paula lächelt, als wäre nichts gewesen. „Ja, genau. Kommt doch einfach zu mir! Wir treffen uns später bei mir zum Schwimmen und überlegen uns genau, wie die Modenschau aussehen soll." Auffordernd schaut sie in die Runde.

Schlappes Gemurmel: „Hm, mal schauen." – „Vielleicht."

Sebastian jedoch und sogar zwei Mädchen wenden sich ab. „Nö, heute nicht", sagt schließlich Jo und nickt Sebastian zu. „Wir überlegen uns nachher was richtig Krasses fürs Schulfest."

Fabi dreht sich zu mir um und flüstert mit offensichtlicher Genugtuung: „Unglaublich! Endlich sind mal nicht alle auf Paulas Seite. Da helfen ihr auch Pool und Reitstall nicht. Aber jetzt müssen wir uns was richtig Gutes überlegen."

Mir fällt im Moment auch nichts ein. Aber wer weiß, vielleicht später beim Training.

Ach ja, genau … „Du kommst doch nachher mit zum Training?“, hake ich nach.

Fabi druckst ein bisschen herum: „Wie jetzt, *heute* schon?“ Verlegen scharrt er mit den Füßen. „Ich hab zwar schon mal was mit Diabolos gemacht, aber das ist schon 'ne Weile her. Und zum Breakdancen bin ich garantiert nicht fit genug. Außerdem … willst du nicht erst mal fragen, ob das den anderen recht ist?“

„Wieso sollte es denen nicht recht sein? Die brauchen dringend mehr Leute. Probier's halt einfach mal aus“, sage ich gespielt streng. „Wir treffen uns um vier Uhr an der Einfahrt, okay?“ Auch wenn ich erst kurz dabei bin, habe ich nämlich das Gefühl, Fabi würde supergut in die Truppe passen.

„Na klar kann Fabi mitmachen“, verkündet Tessa im Brustton der Überzeugung, als ich ihr den Probeneuzugang ankündige. „Wird ja eh Zeit, dass ich ihn endlich mal kennenlerne. Gehört hab ich ja schon genug von ihm!“ Dabei lächelt sie mich so schief an, dass ich misstrauisch werde.

„Willst du mir hier irgendwas sagen, oder wie?“

Tessa nickt bedächtig und schaut mich groß an. „Ich muss dir sagen, dass ich mich frage, ob …“

„Was denn?!“ Also nee, gleich platze ich!

Seelenruhig setzt sie sich auf mein Bett, schaut zu Ratte und streichelt ihm über sein Köpfchen. „Ich frage mich, ob … wir Ratte eine kleine goldene Krone basteln sollen? Als Zirkusoutfit meine ich. Und für Muffin vielleicht eine Art goldenen Zirkusanzug? So richtig spacig."

„*Wie bitte?!*"

„War nur ein Witz", sagt sie schnell, als sie meinen Gesichtsausdruck sieht.

Sie überlegt einen Moment und verkündet schließlich: „Aber weißt du was? Ich bin dafür, dass wir die beiden heute zum Training mitnehmen. Meine Mutter fährt und holt uns auch wieder ab. Da können wir Ratte und Muffin gut ins Auto packen."

Sie kramt lächelnd in ihrer Riesentasche. „Ich hab dir was mitgebracht, also eigentlich euch", verkündet sie begeistert und wirft ein schwarzes Seilknäuel auf mein Bett.

„Eine Leine?"

Tessa lacht. „Nicht eine, sondern DIE Katzenleine! Die von Daisy. Meine Tante meint, wir können sie bis Samstag behalten."

Ganz baff nehme ich ihr das Gewirr aus der Hand.

„Schau mal", erklärt Tessa. „Die wird nicht um den Hals, sondern so um den Oberkörper befestigt: Wenn er zieht, tut es ihm nicht am Hals weh. Und sie ist sehr lang, aber weglaufen kann er damit trotzdem nicht."

Ich schiele unsicher in Richtung Muffin. Probieren könnte ich es ja mal.

„Aber wenn er Angst bekommt und maunzt, lass ich's", verkünde ich, bevor ich zur Tat schreite.

Vielleicht liegt es daran, dass er noch so jung ist oder dass Ratte ruhig neben ihm sitzt – der neue Körperschmuck interessiert ihn jedenfalls nicht besonders.

Tessa grinst zufrieden, als sie das sieht. „Jetzt können wir ihn in meiner Hunde-, äh, Rattenreisetasche mitnehmen!"

Sie zeigt auf die große Tasche, die mit einer Flauschdecke ausgelegt ist, und setzt Ratte hinein. Der macht es sich sofort bequem. Und gerade, als ich überlege, ob ich Muffin wirklich hineinsetzen soll, erhebt sich mein komischer Kater und stolziert von ganz allein in die beschriebene Tasche zu seinem Rattenkumpel. Ob das an den Leckerli liegt, die Tessa dort hineingelegt hat?

„Komm, erzähl noch mal, wie deine Mutter reagiert hat, als du ihr von der Zwei in Physik erzählt hast", bittet Tessa grinsend.

Na, den Gefallen tu ich ihr gerne. „Ich glaube, meine Mutter ist dir auf ewig dankbar! Sie hat fast angefangen, Samba in der Küche zu tanzen. Und sie hat uns viel Spaß im Zirkus gewünscht. UNS!"

Zufrieden schnappt sich Tessa ihre Jacke. „Tjaja … Hast du vielleicht noch irgendein Problem, das ich lösen kann?"

Ich zucke mit den Schultern. „Von Paulas Spezialauftritt

heute morgen zum Thema Schulfest hab ich dir ja schon erzählt."

„Sorry, ich glaube, bei Paula könnte selbst ich nichts ausrichten!", stellt Tessa fest. „Die scheint eine richtige E. Z. Q. zu sein." Und auf meinen fragenden Blick hin erklärt sie: „Eingebildete Zickenqueen."

Ich pruste los. „Oh ja, sogar eine O. E. Z. Q. – OBEReingebildet. Und gerade deshalb brauche ich einfach eine spitzenmäßige Idee fürs Schulfest, damit Paula endlich mal Ruhe gibt", verkünde ich energisch.

„Dir fällt bestimmt noch was ein", antwortet Tessa absolut überzeugt. „Aber jetzt düse ich mal schnell hoch und sag meiner Mutter Bescheid. Nimmst du die Tasche? Wir treffen uns in fünf Minuten unten!"

Während sie nach oben saust, ziehe ich meine Jacke an und hebe vorsichtig die Tasche hoch. Los geht's! Vielleicht ist es ja ganz gut, dass meine Eltern unterwegs sind. Ihre Zirkusallergie haben sie vielleicht überstanden. Aber ich hab so ein Gefühl, dass sie von dem geplanten Katzenausflug nicht so richtig begeistert wären. Vorsichtig gehe ich nach unten, wo Tessa und ihre Mutter schon warten.

Als wir losfahren, halte ich kurz die Luft an. Was, wenn Muffin ...? Doch er hat schon seinen eigenen Motor angeworfen und schnurrt, was das Zeug hält. Versonnen streichle ich Muffins Köpfchen. Also, wenn das mal kein besonderer Kater ist!

Das Timing ist perfekt! Als wir aussteigen, kommt Fabi gerade angehetzt. „Bin ich zu spät?"

Vorsichtig schielt er zu Tessa, die sofort abwehrt. „Überhaupt nicht!"

Neugierig mustern sich die zwei.

„Hi Fabi, hab schon viel von dir gehört."

Grinsend antwortet er: „Ich von dir aber auch."

„Na, jetzt reicht das Höflichkeitsgedudel aber", schalte ich mich ein. „Lasst uns reingehen!"

Im Zelt angekommen, sehe ich, dass die anderen schon mitten im Training sind. Yannick versucht sich gerade an einer ziemlich spektakulären Drehung, und Mariella turnt mit Rania am Vertikalseil.

Unsicher sieht Fabi sich um. Da kommt schon Robert auf ihn zu.

„Mensch, Fabian – super, dass du mitmachen möchtest."

„Ja, Lilli hat mich eingeladen. Ich hab übrigens auch schon mal mit Diabolos trainiert", entgegnet Fabi und beäugt gleichzeitig ziemlich interessiert Yannick.

„Hier, willst du mal probieren?", fragt Tessa und gibt ihm einen der bunten Kreisel. Er greift auch sofort danach, nimmt den Stock und versucht sein Glück.

Man sieht schon, dass er aus der Übung ist: Denn erst einmal fällt alles runter. Aber er trägt's mit Fassung und macht gleich weiter.

„Der ist echt nett!", flüstert Tessa mir zu, während wir unsere zwei Nachwuchscirakalos, Muffin und Ratte, an der Manegenseite parken. Ich öffne die Tasche und nehme die Leine in die Hand. Alles ist bereit für Muffins ersten Ausflug. Aber der ist gar nicht so neugierig: Einmal raus aus der Tasche, vorsichtig an den Bänken schnuppern und dann wieder in die Tasche zum Rattenkumpel steigen. Das war's. Ich befestige die Leine an einer Stange, stelle den Teller mit Wasser und Trockenfutter bereit, und dann fange auch ich mit dem Training an.

Vorher schaue ich noch einmal kurz zu Fabi, der sich bestens unterhält: Gerade nimmt ihm Tessa das Diabolo aus der Hand, schleudert es an der Schnur mit den Handstäben hoch in die Luft, dreht sich um die eigene Achse und fängt es wieder auf.

Fabi scheint schwer beeindruckt. „Zeig mir mal, wie das geht! Das will ich auch probieren!"

Ich bin total froh, dass die beiden so gut miteinander klarkommen! Nachdem ich ihnen eine Zeit lang zugesehen habe, gehe ich zu Robert. Ich habe mir vorgenommen, heute weiter an meiner Jonglier-Technik zu feilen. Robert studiert nämlich mit mir eine Nummer ein, bei der man sich die Bälle gegenseitig zuwirft. Und so kann ich dann auch mit Tessa jonglieren. Zwischendurch schaue ich immer mal wieder kurz bei Muffin vorbei, der aber ganz zufrieden in seinem Korb liegt. Eingekuschelt mit Ratte liegt er da und teilt sich brüderlich ein paar Kräcker.

Verrückte Viecher, denke ich und muss lachen.

Am Ende der Stunde ruft Robert uns zu sich. Neugierig kommen wir näher.

„An der Schule, wo ich unterrichte, findet demnächst ein Schulfest statt", beginnt Robert. „Das wäre doch eigentlich eine gute Gelegenheit, ein bisschen Werbung für Cirakalo zu machen, oder? Viele kennen unsere Truppe ja noch gar nicht."

„Wir könnten einen kurzen Videoclip von uns drehen", schlägt Yannick vor.

Robert nickt anerkennend. „Klasse Idee – ich kann auf jeden Fall demnächst mal meine Kamera mitbringen. Gut wäre aber auch eine Art Infostand. Denkt dran, wir bräuchten unbedingt noch mehr Mitglieder!" Er lächelt Fabi an. „Wo wir grade davon sprechen: Wenn du möchtest, kannst du gerne bei uns einsteigen!"

„Klar! Das hat megaviel Spaß gemacht. Ich wette, wenn die anderen wüssten, wie super das ist, würden noch einige hier mitmachen wollen!"

Plötzlich habe ich ein aufgeregtes Kribbeln im Bauch, weil mir da gerade so eine Idee kommt. „Hey, hört mal kurz zu", verkünde ich laut, und alle Köpfe wenden sich wie auf Kommando zu mir um. „Wie wäre es, wenn wir zwei Fliegen mit einer Klappe schlagen?"

„Du willst fliegen? Tolle Nummer!", flachst Flo.

Alle lachen, aber mir ist es ernst. „Jetzt hört mir doch mal zu", rufe ich. „Ich habe eine Idee für das Schulfest! Cirakalo braucht Werbung, und unsere Klasse braucht eine Spezialaktion für das Sommerfest, stimmt's, Fabi?"

Der nickt, und ich erkläre weiter.

„Wie wäre es mit einem Schnupperzirkus?", schlage ich vor. „Wir könnten doch mit den Kids aus meiner Klasse trainieren und das dann auf dem Schulfest aufführen. Sie könnten alle Geräte ausprobieren und dabei gleich sehen, was man so alles machen kann."

Stille.

Oh Mann, vielleicht hätte ich erst noch mal drüber nachdenken sollen?

Aber da nickt Yannick. „Ich finde die Idee gut."

Ich atme erleichtert auf.

„Wäre bestimmt lustig, mal mit so vielen Leuten zu üben", stimmt nun auch Flo ihm zu.

Rania lächelt. „Und eine Vorstellung hatten wir auch schon lange nicht mehr."

Robert lächelt uns alle nacheinander an. Offensichtlich freut er sich über die allgemeine Begeisterung. „Ich finde die Idee auch super!", wendet er sich schließlich an mich. „Aber weil ich euer Turnlehrer bin, möchte ich das nicht selbst vorschlagen. Das wäre sonst wirklich zu sehr wie Werbung. Ich möchte, dass deine Klasse das selbst als Schulfestthema vorschlägt."

Ich lächele zurück. „Okay", sage ich langsam. „Ich kann es ihnen ja mal erzählen." Insgeheim frage ich mich aber doch, wie meine *liebe* Klasse wohl auf meinen Vorschlag reagieren wird.

Später, beim Abendessen, mache ich gleich mal einen Testlauf und erzähle von meiner Schulfest-Idee.

Meine Mutter wackelt skeptisch mit dem Kopf.

Na, das geht ja gut los: Die Zirkusallergie ist wohl doch noch nicht überstanden! Innerlich rolle ich mit den Augen.

„Ich meine, das Gelände sieht ja wohl schon ziemlich heruntergekommen aus!"

Sogar Papa legt die Stirn in Falten, und mir schwant schon Schlimmes. Aber da sagt der doch glatt zu meiner Mutter: „Sabine, da macht doch sogar der Turnlehrer – dieser Herr Robert Althaus – mit. Wirklich, ich glaube, du übertreibst. Ich kann mir nicht vorstellen, dass sich die Leute so sehr an der Gegend oder dem Gelände stören."

Am liebsten würde ich aufspringen und Papa einen Schmatzer geben!

„Also, *ich* glaube ...“, mischt sich nun Karo ein.

Okay. Jetzt kommt bestimmt ein Schwestermeckerbrett. Doch zu meinem riesigen Erstaunen bleibt das große Gegacker aus.

„Also, ich glaube“, wiederholt sie, „so was kommt auf dem Schulfest bestimmt gut an. Vorführungen, etwas zum Mitmachen und solche Dinge.“

Ich sehe meine Schwester ungläubig an.

Hab ich was am Ohr? Ist Karo krank? Oder ist dies etwas das lang ersehnte Ende der großen blöden Pubertät am Zoff- und Zickenhimmel?

Karo scheint von meinem verwunderten Gestarre nichts mitzubekommen und schmiert sich seelenruhig ein Brot. Ganz beiläufig fragt sie: „Sag mal, Lilli, wie ist eigentlich der Yannick so?“

„Hä?“ Was soll denn das jetzt?

„Na, der Yannick aus meiner Parallelklasse. Der macht doch bei Cirakalo mit.“

„Ach so.“ Ich beiße in mein Brot, und das ist auch besser so. Mit vollem Mund kann ich nicht so laut losprusten, wie ich gern würde.

„Lilli! Schläfst du, oder was?“, fragt meine Schwester ungeduldig. „Ob der Yannick heute beim Training gewesen ist, will ich wissen. Und wie viele Mädchen da bei euch mitmachen."

Von wegen Pubertätsende – Karo ist nur verknallt, wieder mal. Meine Eltern seufzen in schöner Eintracht und wenden sich wieder dem Essen zu.

„Klar, Yannick war auch da", erkläre ich meiner Schwester. „Und er findet die Idee spitzenklasse."

„Ach ja?" Versonnener Blick. „Eigentlich würde ich ja gern mal zum Training mitkommen ..."

Mir fällt fast das Brot aus der Hand.

Jetzt wird's unheimlich. „Äh, du möchtest mit zum *Zirkustraining*?"

„Hm." Erwartungsvoll sieht mich meine Schwester an. „Yannick macht doch Breakdance, oder? Das passt doch klasse zu Hip-Hop!" Sie verkündet das in einem Ton, als müsse das sofort jedem einleuchten.

„Ja, okay, muss mal Robert fragen", antworte ich ausweichend und lenke dann gekonnt ab. „Was macht deine Klasse eigentlich auf dem Schulfest?"

Karo wirft wieder den Strahler an. „Wir wollen mit der Parallelklasse eine Disko veranstalten."

Mit einem schnellen Seitenblick auf mich fügt sie noch hinzu: „Aber ich bin sicher, dass eure Zirkusaktion total cool wird. Und deswegen komme ich echt gerne mal vorbei und helfe mit ..." Ihre Augen leuchten verdächtig.

Schnell wende ich mich meinem Nachtisch zu und habe nur noch zwei Gedanken:

Ob ich auch mal so bekloppt werde? Und …

… wie verkaufe ich morgen den anderen aus meiner Klasse am besten die Cirakalo-Idee?

Pudelfieber

Als ich am nächsten Morgen aufwache, fühle ich mich wie gerädert. Mann, hatte ich einen durchgeknallten Traum!

In dem waren meine Turnschuhe total verknotet. Deswegen habe ich meinen Bus verpasst.

Paula war auch im Traum. Sie trug ein Hunde-Halsband mit Namensschild, und um sie herum standen alle aus der Klasse – als Pudel!

Ein Pudel hatte Sebastians Kappe auf, ein anderer hatte Janas schwarze Haare.

Ich schleppe mich ins Bad und mustere skeptisch mein müdes Spiegelbild.

Ob ich das heute wirklich bringen soll: In der Schule die Idee mit dem Zirkus vorzuschlagen? Was, wenn ich mich wieder zum Pudel … äh, Affen mache? Ich schlüpfe in meine Hose und hole ein grünes Shirt aus dem Schrank.

Aber was rege ich mich eigentlich auf? In letzter Zeit lief es doch gar nicht so schlecht in meiner neuen Klasse. Und wenn sie die Idee wirklich nicht mögen – selber schuld, wenn sie sich so etwas entgehen lassen!

Außerdem ist Fabi ja auch da, und der wird mir bestimmt helfen, sollte ich urplötzlich eine Stimmbandentzündung bekommen oder spontan in Ohnmacht fallen.

„MIAU!"

Ich halte beim Haarekämmen inne und drehe mich zu meinem Kater um. Der hat sich auf dem Fensterbrett aufgebaut und maunzt hingebungsvoll.

„Muffin? Alles klar bei dir? Ist da draußen ein Vogel?" Neugierig schaue ich aus dem Fenster und erstarre.

Da hängt ein kleines Körbchen vor der Scheibe.

Offensichtlich an einer dicken Schnur.

Und genauso offensichtlich liegt darin Graf Hugo-Wolf höchstpersönlich und schaut neugierig zu uns herein. Träume ich noch, oder was?

Schnell öffne ich das Fenster und schaue hoch.

Tessas Gesicht strahlt mich an. Sie hat sich so weit aus dem Fenster gebeugt, dass sie mir fast entgegengefallen wäre. „Guten Morgen, wollte dir nur Glück wünschen. Bin mir sicher, dass die Idee gut ankommt."

Ich lächle dankbar und greife mir Ratte, um ihn zu streicheln.

Aber da ist ja noch was anderes im Körbchen: eine zierliche Haarspange mit kleinen hellgrünen Steinchen.

„Die ist für dich!", ruft Tessa herunter. „Die bringt sagenhaft viel Glück! Hat, glaube ich, einer Bäuerin aus Südafrika gehört, die daraufhin ein Angebot als Filmstar bekommen hat und jetzt mit einem König verheiratet ist."

Ich lache laut los. „Du verrücktes Huhn! Danke! Die Haarspange ist wirklich supersuperschön!", rufe ich, und ganz leise flüstere ich: „Danke, Ratte, fürs Bringen!" Im nächsten Moment entschwebt er wieder sanft in die Höhen des zweiten Stockwerks.

Muffin bedauert dies offensichtlich sehr. Während ich mich style, bleibt er störrisch vor dem Fenster sitzen. Er maunzt schlecht gelaunt vor sich hin, so als wollte er sagen: „Hey, was jetzt, wo ist die coole Flugratte hin? Soll ich hier etwa den ganzen Morgen alleine bleiben?"

Ich ignoriere meine miesepetrige Katze und stecke mir mit der neuen Haarspange den Pony aus der Stirn.

Also, auch wenn ich nicht wie diese glückliche Bäuerin ein Angebot als Filmstar bekommen sollte, und einen König will ich eh nicht – etwas Überzeugungstalent für heute Vormittag würde mir voll und ganz reichen. Ich schnappe mir meine Tasche und werfe noch einen letzten Blick in den Spiegel. Paula und Co., haltet euch fest: Here I come!

Ich kann mich nur schwer auf den Unterricht konzentrieren. Blöderweise werden wir die Schulfestsache nämlich erst am Ende der Stunde besprechen.

Gerade als ich fest davon überzeugt bin, dass diese Stunde *niemals* zu Ende gehen wird, legt Frau Herrlich endlich ihre Kreide beiseite und fragt nach Vorschlägen.

Paula meldet sich – oh Wunder! – als Erste.

„Dein Vorschlag ist derselbe geblieben?"

Hoheitsvoll nickt Paula. „Na klar! High-Fashion-Show." Zufrieden schaut sie sich um. Sie hat wohl komplett vergessen, dass darauf kaum noch jemand Lust hatte.

Frau Herrlich nickt nur und fragt: „Mehr Vorschläge?"

Weil jetzt absolute Stille im Klassenwald herrscht und kein einziger Finger hochgeht, schlucke ich und öffne den Mund ...

... da meldet sich Sebastian.

„Ja bitte?"

„Wir dachten, wir machen eine Spielestation: Nintendos vermieten oder eine X-Box an den Fernseher anschließen." Erwartungsgemäß stöhnen die Mädchen sofort los.

Aber das scheint die Jungs nicht abzuhalten, jetzt kommt Leben in die Sache, und nun meldet sich auch Ben: „Wir können doch Tattoos malen!"

Paula zickt sofort los. „Wie? DU willst malen? Du kannst ja noch nicht mal einen geraden Strich ziehen."

„Paula, bitte!" Mahnend schaut Frau Herrlich unsere O. E. Z. Q. an.

Es plätschern noch verschiedene Vorschläge rein, aber dann herrscht erst mal wieder Stille.

Bis Fabi mir einen Rempler versetzt.

Wie war das? Here I come? Wieso hab ich jetzt auf einmal wieder Bammel?

Da fällt mir spontan wieder mein komischer Traum ein.

Wer hat schon Angst vor Pudeln?

Frau Herrlich schaut sich bedauernd um: „Also, da es wohl keine weiteren Vorschläge gibt, wäre ich dafür, jetzt abzust…"

„Äh, Entschuldigung, aber wie wäre es …", unterbreche ich sie mit etwas unsicherer Stimme und rede mir in Gedanken Mut zu: Fabi sitzt neben mir. Ich hab meine Mut-Haarspange, bin ein Cirakalo und schlimmstenfalls finden alle meinen Vorschlag halt langweilig. Na und?

Mit festerer Stimme fange ich noch mal an: „Ich bin Mitglied bei einem Zirkus, also einer Jugendzirkustruppe. Wir heißen Cirakalo. Wir haben einen Trainer und eine Trainerin, treffen uns zweimal die Woche zum Stelzenlaufen, Einradfahren, Gymnastik, Bodenakrobatik, Seillaufen, Breakdance, Jonglieren. Wie wäre es, wenn wir zum Schulfest in der Turnhalle einen Schnupperzirkus anbieten und auch ein paar Nummern einstudieren?" Puh, jetzt ist es draußen.

„Einradfahren finde ich cool", ruft Sebastian sofort, und nun dreht sich Jana zu mir um. „Stelzenlaufen macht auch total Spaß. Hab ich früher mal gemacht, aber nie mit richtig großen Zirkusstelzen!"

Ich fühle mich auf einmal sagenhaft gut.

Da trifft mich ein schneidender Blick. „Und du, Miss Tollpatsch?", zischt Paula. „Fällst wieder über deine Schuhe, oder wie?"

„Ach komm schon, Paula", mischt sich da Sebastian ein. „Lass dir mal was Neues einfallen!"

Paula schaut ihn fassungslos an. „Wirklich, Leute. Ich finde das kindisch! Zirkus? Wie sollen wir denn so schnell etwas auf die Beine stellen? Da blamieren wir uns doch nur."

„Jetzt nörgel doch nicht immer rum!", ruft Fabi ihr ungeduldig zu. „Herr Althaus ist unser Trainer. Wenn er denken würde, wir blamieren uns nur, würde der bestimmt nicht mitmachen, oder? Und außerdem ...", fügt er zweideutig hinzu, „... kindisch ist was ganz anderes."

Zufrieden sehe ich Fabi an – und bin richtig stolz auf ihn. Er hat übrigens völlig recht: Robert Althaus ist Profi und außerdem superbeliebt. Außerdem haben bei dem Stichwort „Breakdance" einige Jungs schon ganz interessiert geguckt.

„Ihr macht also auch Seiltanzen und so?", platzt Hannah auf einmal heraus, was ihr sofort einen strafenden Blick von Paula einbringt.

Jetzt hebt Frau Herrlich kurz die Hand, damit wieder etwas Stille einkehrt und erklärt: „Also, Leute. Ich finde die Idee ziemlich gut. Wie sieht's aus? Sollen wir das machen?"

Sebastian hebt den Arm. „Ich bin dafür!"

Paulas Gesichtsfarbe wechselt zu Marshmellow-Weiß. „Hey Sebastian ..." Sie versucht's noch einmal kurz mit der Glupsch-Augen-Nummer. Aber ohne Erfolg!

„Die Idee mit dem Zirkus ist doch cool", er zuckt mit den Schultern, „und ich hab keine Lust auf Modenschau!"

Paula und ein paar andere lästern weiter flüsternd vor sich hin, aber fast alle Hände sind oben.

„Also, wie ihr das macht, besprecht ihr am besten mit Herrn Althaus", schlägt Frau Herrlich vor. „Vielleicht könnt ihr alle mal in den Zirkus gehen, dort die Geräte probieren und entscheiden, was ihr beim Schulfest vorführen könnt. Einverstanden?"

„Klar!" Ich nicke zustimmend. „Wie wär's mit nächstem Freitag?"

„Super!" Die meisten nicken begeistert, und ich greife an meine Spange: Hat doch geklappt!

„Kannst du dich bitte mal normal hinsetzen? Das ...", ich lege den Kopf auf die Seite, „... macht mich ganz nervös."

Tessa hat sich auf der Hängesprossenleiter in ihrem Zimmer mit den Knien an der obersten Sprosse eingehakt. Jetzt hängt sie schon seit einigen Minuten mit dem Kopf nach unten.

„Ich möchte unbedingt herausfinden, wie lange ich das so aushalte", erklärt sie mir. „Mariella meint, das wäre wichtig, wenn man an das Vertikalseil möchte." Sie breitet ihre Arme aus. „Es wäre einfach ge-ni-al, wenn das klappen würde. Ich in einem supertollen Kostüm, und die Menge tobt."

Ich schnaufe. „Dein Kopf ist schon so rot wie das Sofa."

Tessa gibt sich unbeeindruckt. „Los, Ratte! Beiß ihr in den Zeh!"

Ich quietsche in gespielter Empörung auf: „Das ist doch keine Kampfratte!"

„Stimmt! Das ist bloß eine harmlose Zirkusratte. Also, wo waren wir gerade? Genau – die aus deiner Klasse finden die Idee also gut. Super! Ich habe es gewusst!" Sie rudert wie wild mit den Armen.

„Ja, ist echt gut angekommen. Außer bei Du-weißt-schon-Wem und Anhang." Tessa schwingt kurz vor und greift dann mit beiden Armen nach den Stäben.

„Ich bin schon total gespannt darauf, deine Klasse kennenzulernen!"

Vorsichtig befreit sie sich aus den Sprossen und stellt sich vor den Spiegel.

Ich lächle ihr zu und stelle mich neben sie.

„Weißt du, was mir gerade auffällt?", fragt Tessa und sieht

mich im Spiegel an. „Ich finde, durch unsere Frisur sehen wir uns irgendwie ähnlich, obwohl wir unterschiedliche Haar- und Augenfarben haben."

„Stimmt. Wie Zwillinge – eine blond, eine dunkel."

„Siehst du, Lilli!" Tessa strahlt mich an. „Du bist eben mein Wahlzwilling!"

„Genau! Und Muffin ist Rattes Wahlbruder!" Ich blicke zu der Couch, wo Ratte und Muffin zusammen kuscheln.

„Genau! Und wenn wir ihnen gleiche Halsbänder besorgen, sehen sie sich gleich *noch* viel ähnlicher."

Hatschi! Ratte niest und irgendwie klingt das wie: „Sorry, Leute. Aber ich habe eine Styling-Allergie."

Von Zicken und Stelzen

Aufgeregt tigere ich am Manegeneingang auf und ab. Die Cirakalos fangen drinnen schon mit Üben an.

Coole Musik, die Yannick da mitgebracht hat! Das findet wohl auch Karo, die in größtmöglicher Yannick-Nähe mit den Diabolos kämpft und schmachtet.

Mein Schwesterlein zieht das nämlich wirklich durch und ist heute mit Tessa und mir hergefahren: Total yannickisiert!

Ich schaue zu Flo und Sarah, die ihre Runden auf den Einrädern drehen. Tessa läuft auf ihren heiß geliebten Stelzen. Ihre Tasche mit Ratte hat sie an den Rand der Manege gestellt. Ich hätte ja nie gedacht, dass das alles so flutscht. Aber Robert ist halt einfach klasse: Er hat ein Schreiben an alle Eltern geschickt, mit den Infos zum Zirkus, zum Schulfest, und er hat sogar einen Cirakalo-Bring- und Abholdienst organisiert, der die Schüler zum Training in den Zirkus und wieder zurück kutschiert. Mama war begeistert!

Wo die anderen bloß bleiben? Hoffentlich kommen die Cirakalos mit den Leuten aus meiner Klasse klar!

Da sind sie ja endlich: Beide Trainer mit einer Traube aufgeregt redender Schüler im Schlepptau. „So, da wären wir!", verkündet Robert und zeigt auf die Manage. „Das ist Cirakalo!"

„Hey", ruft Sebastian laut. „Voll krass. Ein echter Zirkus für uns ganz allein!"

„Ja, Mann, total abgefahren", antwortet Jo.

Jetzt muss ich doch grinsen. *Voll krass. Hey Mann, ey!* Die spinnen, die Jungs!

Äh, bis auf Fabi, der kommt grad zu mir. „Na? Alles klar? Habt ihr schon angefangen?"

Mehr als nicken kann ich grad nicht.

Paula läuft nämlich in dem Moment an mir vorbei. Aufgebrezelt mit goldenen Leggings, einem schwarzen Sweatshirt und einer übergroßen goldenen Tasche. Völlig ungoldig: Abschätzend mustert sie den Zirkus und flüstert mit ihren Freundinnen.

Was für ein Getue … na ja, war ja nicht anders zu erwarten!

Nachdem Mariella kurz Hallo gesagt hat, klatscht sie in die Hände und stellt die Cirakalos vor. Als Yannick dran ist, sehe ich genau, wie einige Mädchen albern kichern. Karo sieht es auch und guckt, als ob die Milch sauer würde.

„Wir freuen uns, bei eurem Schulfest mithelfen zu können", sagt Mariella schließlich und fügt lächelnd hinzu: „... und dass ihr uns als Cirakalo-Botschafter helfen werdet!"

„Ihr könnt euch jetzt aussuchen, zu welchem Cirakalo ihr in die Gruppe wollt", schaltet sich nun Robert ein. „Aber wechselt euch ruhig ab, umso mehr könnt ihr ausprobieren! Und die Einteilung für das Schulfest werde ich nach dem Training mit euch gemeinsam festlegen."

Wenig später trainieren alle mit den Cirakalos, als hätten sie in ihrem Leben nie etwas anderes gemacht. Yannick ist am Breakdancen, Karo kämpft in seiner Nähe mit den Schritten, die er ihr vormacht, und schmachtet. Nur Paula sitzt nörgelnd mit ihren Freundinnen auf der Bank und schaut zu.

Fabi steht bei den Diabolos und zeigt seine Künste. Ich glaube, der hat in den letzten Tagen nonstop trainiert! Sichtlich stolz zwinkert er mir zu.

Ich jongliere erst alleine mit drei Bällen, dann gemeinsam mit Tessa und genieße ehrlich gesagt die bewundernden Blicke der anderen.

Sebastian ruft sogar ziemlich laut zu mir rüber: „Echt super, Lilli!"

Hihi!

Da kommt Tessa zu mir und flüstert: „Du musstest gar nichts sagen. Pudel-Paula hab ich sofort erkannt. Seit die da sitzt, schaut sie, als würde gleich ein Kellerasselballett auftreten."

„DU hast recht!", sage ich lachend. „Aber das ist mir jetzt auch egal."

Und so jonglieren wir noch ein bisschen, gehen dann zu Mariella und schlagen unsere Räder, bis wir völlig verschwitzt und kaputt sind.

Da kommt Roberts Ansage gerade recht. „Schluss für heute!" Er und Mariella gehen zu den Bänken, wo Paula ja praktischerweise schon sitzt.

Nach und nach trudeln alle ein. Einige setzen sich auf die Bänke, andere hocken sich einfach auf den Boden.

„Also erst mal ein riesengroßes Kompliment an euch! Klasse, dass ihr alle so mitgemacht habt." Robert schaut in die Runde. „Wie hat's euch gefallen?"

„Super!", kommt es begeistert von mehreren Seiten.

Robert lächelt erfreut. „Was meint ihr, sollen wir jetzt einfach mal den Ablauf beim Schulfest besprechen?"

„Ja, ich hätte auch schon eine Idee!", ruft Sebastians Kumpel Jo auf einmal laut. „Was haltet ihr davon, wenn wir zwei Vorstellungen geben, vielleicht um 15 und um 17 Uhr? Und davor und dazwischen können wir so was wie offenes Training anbieten. Ihr wisst schon: etwas, wo jeder mitmachen kann."

„Klingt gut. Aber wer macht denn nun was?", fragt Fabi da.

„Wie wäre es denn als Erstes mit einem Zirkusdirektor, der ein bisschen durch die Vorstellung führt?", schaltet sich Mariella ein.

Ihr Blick fällt auf Tessa, die zustimmend nickt: „Ich würd's machen."

„Geht das für euch Ordnung?", fragt Mariella die anderen, und als keiner widerspricht, überlegt sie weiter: „Okay, es gibt auf jeden Fall eine Solo-Breakdance-Nummer von Yannick, bei der anschließend noch sechs Jungs ...", sie zeigt zu Sebastian und den anderen fünf, die schon mit Yannick geübt haben, „... auf die Bühne kommen und mitmachen."

„Ich könnte eine Hip-Hop-Einlage bringen", meldet sich Karo, und als alle fragend zu ihr hinüberschauen, erkläre ich: „Das ist meine Schwester, und sie ist ein echter Profi."

Dankbar zwinkert Karo mir zu. Richtig nett. Vielleicht wird sie ja so langsam wieder wie früher?

Ich konzentriere mich wieder auf Robert, der inzwischen weiterorganisiert: „Es folgen Flo und Sarah auf ihren Einrädern. Hmm – so schnell kann man das Einradfahren nicht lernen, aber ich hab gesehen, dass du das kannst." Er schaut fragend zu Jo.

Der wird ein bisschen rot: „Ja, ist schon länger her, aber ich kann's wohl noch."

„Klasse!" Flo und Sarah sind ganz begeistert. „Dann können wir dich in einen Teil der Nummer einbauen und sind zu dritt."

„Okay", überlegt Mariella jetzt. „Aber vor der Einrad-Nummer könnten doch eigentlich unsere Jongleure Tessa und Lilli drankommen, oder, Robert?" Und als der nickt, fügt sie hinzu: „Ach ja – und Fabi kann natürlich zusammen mit den zweien auftreten, die auch mit Diabolos arbeiten wollten ... Dann kann Rania am Seil turnen, und wer wollte balancieren? – Janina?"

Da quietscht Hannah los, die jetzt offensichtlich beschlossen hat, dass sie genug vom Rumschmollen mit Paula hat. „Da möchte ich bitte auch mitmachen."

Mariella nickt, und Paula guckt, als würde sie Hannah am liebsten eine klatschen.

„Na, das kann sich doch schon sehen lassen." Robert wechselt einen Blick mit Mariella. „Ich schlage vor, zum Schluss bringen wir unsere *Saltogirl*-Nummer mit den Bodenelementen: Radschlag, Radwende, Handstand, je nachdem. Hier können fast alle mitmachen, eigentlich auch die Jungs!"

„Na klar!" Die tippen sich an die Stirn, aber bei den Mädchen herrscht Begeisterung.

„Magst du bei der Nummer mitmachen?", wendet sich Mariella auf einmal an Paula.

Doch die zuckt nur mit den Schultern, als sei es ihr egal.

Aber diesmal nehm ich ihr die coole Masche nicht ab. Paula hat doch vorhin regelrecht Stilaugen gemacht, als Mariella den anderen die Übungen zur Bodenarbeit gezeigt hat, und Rania auf dem Seil balanciert ist!

„Überleg es dir halt!", redet Mariella in ruhigem Ton weiter.

Nach und nach findet jeder seinen Platz im Programm, und alle reden aufgeregt durcheinander.

Ich bin total glücklich über meine Jonglier-Nummer mit Tessa. Das ist genau das, wovon Sorina und ich immer geträumt haben ... In all dem Trubel und Lachen hier hab ich auf einmal so ein Gefühl – als wäre da etwas, das ich machen muss, auch wenn ich davor Angst habe. Und dann weiß ich es: Ich muss unbedingt Sorina anrufen. Alisha hin oder her!

Inzwischen fangen schon die Ersten an, ihre Sachen zusammenzupacken. Ich lege die Keulen beiseite und greife durstig nach der Wasserflasche.

„Na, bis auf eine sind dann ja alle zufrieden, nicht wahr?" Vielsagend schaut Tessa zu Paula, die bei diesen Worten zum Kampfpudel mutiert.

Mit viel Schwung steht sie auf und stemmt die Hände in die Hüften: „Ich sag euch was: Ich mache hier nur mit, wenn ich eine eigene Nummer bekomme."

Herausfordernd schaut sie in die Runde.

„Äh ja, und mit was? Ich meine, was willst du vorführen?", fragt Mariella langsam und nicht mehr ganz so freundlich.

„Irgendwas mit dem Seil!", blafft Paula los, steht auf und greift nach ihrer riesigen Tasche. „Aber ich brauche keine Gruppe. Ich bin eben mutigähhhhhhhhhhhh..." Mit einem entsetzten Aufschrei springt sie auf eine Bank und lässt ihre goldene Tasche auf den Boden knallen.

„Da-d-daa ..." Zitternd zeigt sie auf die Tasche, in der sich was zu bewegen scheint. „Da ist eine ... eine ...", und schon reckt Ratte seine vorwitzige Nase aus Paulas Tasche.

„Ratte, was machst du denn da?" Mit vorwurfsvollem Ton in der Stimme geht Tessa zu Ratte. „Du Ausreißer!" Zur allgemeinen Verwunderung setzt sie ihn sich auf die Schulter. Von dort scheint er sich den ganzen Trubel, der entstanden ist, entspannt anzuschauen.

Eine echte Rampensau!

„Entwarnung", versucht Tessa, Paula zu beruhigen. „Die ist ganz zahm. Normalerweise bleibt sie immer brav in meiner Tasche."

Neugierig kommen Sebastian und einige andere zu Tessa, um sich Ratte genauer anzusehen.

Paula natürlich nicht, die schüttelt angeekelt den Kopf. „Ihh, geh weg mit dem Tier! Ratten sind Schädlinge. Die übertragen Krankheiten und so ..."

Jetzt lächelt Tessa nicht mehr. „Moment mal. Das ist *meine* zahme Ratte, die ist total sauber."

„Das hast du mit Absicht gemacht. Du hast sie mit Absicht in meiner Tasche versteckt!"

„Träum weiter", entgegnet Tessa. „So interessant bist du nicht. Ratte ist neugierig, und da hat er sich eben in deine monstergroße Tasche verkrochen."

Paula bebt jetzt regelrecht vor Wut. „Wenn ich meinem Vater erzähle, wie es hier zugeht, werdet ihr schon sehen, was passiert. Dann könnt ihr euch euren Schmuddelzirkus an den Hut stecken!" Und damit dampft sie ab.

Mariella seufzt. „Schade! Es war doch bis jetzt so ein schöner Nachmittag."

Betroffen schauen wir uns alle an. Was, wenn Paula ihre Drohung in die Tat umsetzt?

Let's rock!

Die Bombe platzt erst drei Tage später, als wir uns zum letzten Training vorm Schulfest treffen. Eigentlich haben wir ja schon fast drauf gewartet, dass etwas passiert. Paula ist nämlich seit ihrem Totalausraster wie ausgewechselt. In der Schule hat sie mir zuckersüß eine Patrone für meinen leeren Füller gegeben.

Beim letzten Training ist sie zu Mariella gegangen und hat darum gebeten, bei der Saltogruppe mitmachen zu dürfen – ohne zu murren.

Fabi meinte auch, das käme ihm irgendwie komisch vor.

Und tatsächlich: Robert kommt erst einmal zwanzig Minuten zu spät zum Training und trommelt uns dann zusammen. „Ich hatte heute wegen des Schulfestes ein Gespräch mit dem Schuldirektor, und ähm, also jemand hat sich bei ihm beschwert."

Beschwert? Ungläubig sehe ich ihn an, aber er redet auch schon weiter. „... wegen gewisser Zustände. Es fiel unter anderem auch das Wort Schädlingsbefall." Er blickt kurz in Tessas Richtung, die – völlig untypisch für sie – sprachlos und mit offenem Mund dasitzt.

„Das warst bestimmt du, Paula!", platzt dafür Sebastian heraus und spricht damit aus, was alle denken.

Die setzt ein empörtes Gesicht auf. „Was?! Wie kommst du denn auf so einen Quatsch?"

„Wir haben doch selbst gehört, was du zu Tessa gesagt hast"

Sie tut entsetzt und hebt abwehrend die Hände. „Na und? Ich hab mich halt tierisch erschreckt. Da ist mir das so rausgerutscht!" Mit dramatischem Augenaufschlag schaut sie sich um und spricht weiter, wobei sich ihre Stimme richtig zittrig anhört. „Was ihr für komische Ideen habt. Ich finde den Zirkus prima. Ich freue mich schon riesig auf die Vorführung."

Ich muss zugeben, das kommt ziemlich überzeugend rüber.

„Und was passiert jetzt?", fragt Fabi.

Robert hebt beruhigend die Hände. „Ist letztendlich egal, wer was gesagt hat. Es hätte schlimmer kommen können. Unser Direktor vertraut mir nämlich. Ich hatte ihm ohnehin schon erzählt, dass wir das Schulfest nutzen wollen, um etwas Werbung zu machen. Und dass wir zwei feste neue Mitglieder haben …", lächelnd zwinkert er Fabi und mir zu, „… fand er schon mal einen guten Anfang."

„Ich glaube, er ist ein Zirkusfan", sagt Mariella da. „Also sollten wir ihn nicht enttäuschen!"

Mehr braucht es nicht: Es haben sich ja schon vorher alle ins Zeug gelegt, aber jetzt geht's richtig rund, und alle trainieren wie besessen.

Tessa und ich gehen zu unseren Jongliersachen.

„Komm, lass uns noch mal mit vier Bällen üben", schlägt sie mit so komisch gepresster Stimme vor und greift in die Tasche.

Nachdenklich schaue ich Tessa an. „Was ist los mit dir? Ist alles okay?"

Sie schüttelt den Kopf. „Ach, weißt du … *hätte* ich Ratte doch nur zu Hause gelassen! Dann gäbe es jetzt kein Gequake mit eurem Direktor und so. Was, wenn Cirakalo richtig Ärger bekommt?"

Häh? Verständnislos reiße ich die Augen auf.

Seit ich sie kenne, habe ich sie noch nie so erlebt.

Ich gehe zu ihr und lege tröstend den Arm um sie.

„Jetzt spinn hier nicht rum! Wer macht denn hier die ganze Zeit Werbung für Cirakalo? Dass Fabi und ich jetzt dazugehören, haben wir doch nur dir zu verdanken!"

Zweifelnd schaut sie mich an.

Da fällt mir noch etwas anderes ein. „Außerdem ... überleg doch mal. Wenn ich meine Klasse nicht angeschleppt hätte, hätte Paula gar nicht erst so einen Mist rumerzählen können."

„Also prügeln wir uns jetzt, wer am wenigsten schuld ist?", fragt Tessa und lächelt schon wieder etwas fröhlicher.

Ich knuffe sie freundschaftlich in die Seite und zeige in Richtung Rattenkorb.

„Diese komische Beschwerde-Aktion wird sich schon aufklären, wirst sehen. Und bis dahin werden wir zwei so viel Spaß wie möglich haben, ist das jetzt klar?!"

„Superklar!"

Und dann ...

... endlich! ...

... ist es so weit, und ich stehe wirklich und wahrhaftig auf der Bühne, die wir in unserer Turnhalle aufgebaut haben!

Ich verbeuge mich jetzt schon zum fünften Mal!! Tessa und ich haben nämlich gerade unsere Jonglier-Nummer vorgeführt. Alles hat wie am Schnürchen geklappt, die Bälle sind geflogen, als wären sie an einem Faden befestigt. Nicht EINER ist runtergefallen!

Ich strahle ins Publikum: Die Reihen sind voll besetzt. Manche Zuschauer müssen sogar stehen, weil nicht genügend Plätze da sind. Auf der ersten Bank sitzen meine Eltern und lächeln mich stolz an. Direkt daneben sitzen die Eltern von Tessa. Oh Mann, der Applaus hört sich wirklich sagenhaft gut an!

Tessa strahlt mindestens genauso wie ich, als wir gemeinsam hinter unsere improvisierte Bühne gehen.

Ich bin so glücklich, dass ich fast platzen könnte. Und das Beste: Gestern habe ich sogar Sorina angerufen. Wir haben uns unterhalten, richtig unterhalten! Eine Stunde lang! Wir haben sogar ausgemacht, dass wir uns in den Herbstferien treffen wollen.

„Ich hätte echt nicht gedacht, dass gleich sooo viele Zirkusfieber bekommen!", stellt Tessa sachlich fest.

„Sag mal ..." Aufgeregt zeige ich zur Bühne. „Musst du nicht Flo und Sarah ankündigen?"

Mit einem Aufschrei sprintet Tessa los und holt ihre Stelzen. „Bis gleich!"

Bewundernd sehe ich ihr hinterher: Ihre Moderation ist so professionell, als hätte sie nie was anderes gemacht. Und ich? Irgendwie bin ich gar nicht so nervös, obwohl wir gleich noch mit unseren Bodenübungen dran sind. Na ja, wir haben das Ganze ja inzwischen auch *ziemlich* oft durchgespielt ...

Und tatsächlich: Auch unsere Schlussnummer wird ein voller Erfolg!

Überhaupt sind alle total zufrieden – auch Karo, die mit ihrer Nummer ziemlich gut angekommen ist. Ich war richtig stolz auf sie! Selbst Paula hat ohne Gemurre ihren Platz in der Gruppe gefunden. Jetzt beginne ich doch fast – aber nur *fast!* – an Wunder zu glauben.

Ich schaue kurz auf die Uhr: Jetzt haben wir doch echt schon die erste Vorstellung hinter uns! Bis zur nächsten bleibt uns noch etwas mehr als eine Stunde Zeit.

Fabi, Tessa und ich wollen unbedingt durch die Schule stromern und uns die anderen Aktionen ansehen. Mal schauen, was die anderen Klassen zu bieten haben.

„Wartet mal kurz!", ruft Tessa, als wir am ersten Futterstand vorbeikommen, und steht gleich darauf mit drei Waffeln vor uns.

Aber Fabi schüttelt bedauernd den Kopf. „Nö, Mädels, ich muss auf meine Linie achten."

Tessa grinst. „Wieso? Sieht doch alles prima aus!"

„Finde ich auch", rutscht es mir da doch glatt raus.

Fabi zuckt mit den Schultern und sieht mich einen Moment lang schweigend an. „Magst du vielleicht meine Waffel haben, Lilli?", fragt er dann, ich schüttle den Kopf und werde ein bisschen rot. Bekloppt! Wahrscheinlich ist mir noch heiß vom Auftritt.

„Gib her, ich schaffe zwei", beschließt Tessa ungeduldig und nimmt Fabi die Waffel aus der Hand. „Und wohin jetzt?

Hm... Experimentierklasse 7 b, Kunststation 8 a oder vielleicht ..." In stillschweigendem Einverständnis schauen wir uns an: „Disko!"

In der Aula herrscht wieder eine komplett andere Stimmung: schummrige Beleuchtung, gerade läuft ein Hannah-Montana-Song, und an der Decke dreht sich eine Diskokugel.

„Komm, tanzen!" Tessa ist schon wieder ganz fit und zieht mich auf die Tanzfläche.

Fabi bleibt allerdings am Rand stehen. „Ich muss mich noch ausruhen. Bin noch ganz k. o.", behauptet er.

„Ist ja auch noch keine 20 Uhr, was, Fabi?", grinse ich.

Er grinst zurück. „Kein Grund, frech zu werden."

Tessa und ich rocken los und tanzen so wild, dass es uns grad mal egal ist, was die andern über uns denken.

Doch nach drei Liedern gibt uns Fabi ein Zeichen. „Los geht's, die 17-Uhr-Vorstellung steht an!"

Wir rasen zurück in die Turnhalle, und ich winke meinen Eltern zu, die genau wie die Eltern von Tessa wieder in der ersten Reihe sitzen. Während Tessa schon auf die Bühne geht, um die Ansage zu machen, hört man auf einmal ein lautes Gezeter.

„Wir müssen aber in die erste Reihe, unsere Tochter tritt auf!" Neugierig schau ich um die Ecke und sehe gerade noch, wie sich eine ziemlich aufgedonnerte Frau mit Pudellocken und ein Mann im noblen Anzug durch die Bankreihen nach vorne zwängen und zwei Schüler praktisch beiseitefegen, damit sie sich hinsetzen können.

Fabi und ich wechseln einen bedeutungsvollen Blick.

„Denkst du das Gleiche wie ich?!", fragt er mich grinsend.

„Na klar. Das sind hundertpro Paulas Eltern. Sieht man doch auf den ersten Blick – Pudellockengene!" Ich schüttle den Kopf. „Jetzt ist mir auch klar, von wem Paula ihre *charmante* Art hat."

„Also, wenn jetzt alle einen Platz gefunden haben …", beginnt Tessa noch einmal ihre Ansage und wirft uns über die Schulter einen kurzen Blick zu.

GRINS. Sie hat die Aktion also auch schon geblickt!

„… kann es jetzt losgehen. Genießen Sie die zweite und letzte Vorstellung für heute!"

Hey, wer hätte das gedacht, der Applaus war sogar noch lauter als beim ersten Mal. Unser Schulfest-Zirkus ist der totale Hit!

Nur langsam lichten sich die Reihen. Überall herrscht Gewusel, und viele begeisterte Eltern kommen zum Gratulieren nach vorne.

Meine Mutter natürlich auch. „Das hast du einfach unglaublich toll gemacht. Ich wusste gar nicht, wie gut du inzwischen jonglieren kannst!", und zu Tessa gewandt: „Deine Stelzennummer war allererste Klasse!"

Fix und fertig, aber auch riesig stolz schauen wir uns an.

„Also, diese Leggings machen dich aber nicht gerade schlank!", höre ich plötzlich Paulas Mutter von der Seite nörgeln. „Und dass du so im Hintergrund geblieben bist. Man hat dich ja gar nicht richtig sehen können. Wo ist denn dieser Trainer? Mit dem möchte ich mich mal unterhalten."

Das hat sie so laut gesagt, dass alle drumherum mitgehört haben. PEINLICH!

Robert stellt sich neben uns auf eine der Bänke und hält eine kleine, begeisterte Rede: „Ein riesengroßes Lob an euch alle und noch einmal vielen Dank für eure Mühe! Ich glaube, wir haben schon ziemlich viel eingenommen. Da können wir bestimmt so einige neue Geräte für die Turnhalle kaufen. Und wer weiß, vielleicht haben wir ja auch bald einige weitere Cirakalo-Neuzugänge?"

Wir klatschen uns alle die Hände wund, und da geht doch glatt Direktor Schneider auf Robert zu.

„Cirakalo scheint ja spätestens nach dieser Aufführung jede Menge Fans zu haben!", sagt er lächelnd. „Freut mich, freut mich. Und die Sache mit den Schädlingen im Zirkus war ja wohl eher ein Missverständnis. Ich glaube nicht, dass es da noch Ärger geben wird."

Robert grinst erleichtert.

„Ja, das wäre ja auch zu absurd, wenn..." Der Direx bricht ab, fixiert Tessas Schulter und reibt sich die Augen.

„IIIIIHHH!", ertönt da auf einmal ein ohrenbetäubender Schrei. Erschrocken fahren wir zusammen. „EINE RATTE, Paula, ist *das* diese Tessa?! IHHH!!"

Krass! Krallt sich doch glatt Paulas Mutter in den Arm des Direx und fuchtelt panisch in Richtung Tessas Schulter! „Von wegen Missverständnis", jammert sie. „TUN Sie doch was!"

Totenstille.

Wir alle schauen zu Paula. Ihr Gesicht ist knallrot, aber dann hebt sie ihren Kopf und sieht wieder hochmütig wie immer aus.

Tessa sieht sie kopfschüttelnd an, düst zu der Kiste mit den Bällen und greift den blauen heraus. Dann verkündet sie mit lauter Stimme: „Sie bekommen jetzt Cirakalos ERSTE Tiernummer zu sehen! Sie werden sehen, was Sie noch nie zuvor sahen." Schweigend starren wir auf Tessa, die Ratte vorsichtig auf den Ball setzt.

Eine Sekunde vergeht, eine zweite, dann legt Ratte los – und der Direktor muss so sehr lachen, dass seine Brille auf der Nase wackelt. „Das ist wirklich gut!", schnauft er. „So etwas hab ich tatsächlich noch nie gesehen!"

Fabi, Tessa und ich – wir strahlen alle drei bei diesen Worten nur so um die Wette. Und mir ist auf einmal ganz federleicht ums Herz. Wir können nicht hören, was Robert und der Direx noch mit Paulas Eltern besprechen, aber Paulas Mutter wird auf einmal genauso rot wie ihre Tochter, und ziemlich bedröppelt zieht die Pudel-Familie ab.

„Das hast du super gemacht!", lobe ich Ratte und streichle über sein Köpfchen. „Ein richtiger Zirkusprofi!"

Tessa lächelt mich an. „Das nächste Mal ist dein fauler Kater aber mit von der Partie, okay?!

„Na ja, da würde ich nicht drauf wetten", bemerke ich zweifelnd.

„Sag mal", schaltet sich Fabi ein. „Wie hast du Ratte eigentlich die Nummer beigebracht?"

Mit unterdrücktem Kichern dreht sich Tessa schnell weg.

„Häh, was ist denn jetzt los?" Misstrauisch schauen Fabi und ich uns an.

„Tessa!"

Sie dreht sich zu uns und schüttet sich geradezu aus vor Lachen. „Sorry", prustet sie, „aber du hast ja nie gefragt ..."

„Was denn nun??", frage ich, kurz vorm Platzen.

„Ratte konnte das schon, als ich ihn aus dem Tierheim geholt habe. Die Nummer hat ihm anscheinend sein vorheriger Besitzer beigebracht."

In gespielter Verzweiflung raufe ich mir die Haare. „Und ich mache mir hier die ganze Zeit gröbste Vorwürfe, dass meine Katzentrainer-Fähigkeiten nicht ausreichen?!"

Fabi grinst sich einen und murmelt was von „Völlig gaga, die Weiber!", während Tessa mich engelsgleich anstrahlt: „Ach komm! Ich helf dir – gemeinsam bringen wir Muffin bestimmt in Topform! Und einen Namen für das neue Tier-Team hab ich auch schon: Vorhang auf für die *Sagenhaften Rattenmuffins*."

Lust auf noch eine tolle just girls-Story?

DER Liebesretter CLUB

Zum Probelesen einmal umblättern …

Tattergreis-Alarm

Lecker! Als ich meinen Rucksack im Flur neben der Garderobe fallen lasse, steigt mir der Duft von Hefekuchen in die Nase. Nach sechs Stunden Schule bin ich wie immer völlig ausgehungert und freue mich schon aufs Mittagessen. Meinetwegen muss es nicht unbedingt aus Gemüse und Kartoffeln bestehen. Fleisch esse ich sowieso nicht. Marmorkuchen, Obsttorte, Schokokekse und Apfeltaschen reichen mir völlig! Zum Glück habe ich meine Vorliebe für Süßes von Mama geerbt. So kann ich mich ständig durch alles durchfuttern, was sie ausprobiert. Ihr Hefekuchen ist bei uns der Renner. Das Rezept stammt von meiner Urgroßmutter und ist einfach unschlagbar!

„Hilde, das ist nicht dein Ernst!", höre ich Mama sagen, während ich meine Sneakers ausziehe und rasch in meine kuscheligen gelben Wollsocken schlüpfe. Als ich in die

Küche komme, sitzt Mama am Tisch, vor sich ein Stück Hefekuchen, von dem sie noch gar nicht abgebissen hat. Komisch – normalerweise überleben Kuchenstücke auf ihrem Teller keine halbe Minute. Mama glotzt Oma Hilde an, die mit verschränkten Armen in einem Wollkleid und schicken braunen Stiefeln vor dem Kühlschrank steht. Die Stimmung kommt mir etwas frostig vor – und ich werde heute noch nicht mal begrüßt!

„Hallo, Mama, hallo, Oma", werfe ich versuchsweise in den Raum.

„Hallo, Küken", sagt Mama völlig geistesabwesend, zwirbelt eine ihrer dunklen Locken um den Zeigefinger und starrt dabei weiterhin Oma an, als hätte die ihr gerade verkündet, dass sie auf den Mars umsiedeln will.

„Was ist denn los?", will ich wissen.

„Hallo, Vivi-Spatz!", antwortet Oma endlich. „Deine Mutter ist im Augenblick geistig etwas unbeweglich und kann meinen Standpunkt nicht nachvollziehen, das ist alles."

„Das ist alles?" Mama verschluckt sich an einem aufgepickten Hefekrümel und hustet und prustet, bis sie schließlich mit krebsrotem Gesicht keucht: „Dann bin ich mal sehr gespannt, wie du das alles deiner Enkelin erklären willst."

„Sei doch nicht so dramatisch", sagt Oma und zupft sich einen Fussel von ihrer olivgrünen Jacke.

„Ich bin nicht dramatisch – die Situation ist dramatisch!", ruft Mama empört.

Langsam werde ich unruhig. „Ist was passiert?"

„Und ob was passiert ist!", bestätigt Mama und beißt jetzt ein riesiges Stück von ihrem Hefekuchen ab.

„Es ist viel zu lange überhaupt nichts passiert", sagt Oma mit hochgezogenen Augenbrauen. Ich schaue verwirrt von Oma zu Mama und kapiere gar nichts mehr. Mama säbelt mir schweigend ein Stück vom Hefekuchen ab und reicht mir einen Teller. „Das Kind könnte mittags auch etwas Gemüse vertragen", wirft Oma ein. Mama funkelt sie wütend an. „Das Kind könnte auch Großmutter UND Großvater vertragen!"

„Ist was mit Opa Jens?", frage ich jetzt erschrocken.

„Aber nein, Vivi-Spatz, Opa Jens geht es gut!", beruhigt Oma mich rasch.

„Da wäre ich mir ja nicht so sicher", schnaubt Mama.

Nun reißt mir endgültig der Geduldsfaden. Ich lege die Hände wie einen Trichter vor meinen Mund und schreie: „Kann mir endlich jemand sagen, was hier eigentlich los ist?"

Oma seufzt. „Natürlich, entschuldige, Vivien. Es ist einfach so, dass ich mich von Opa Jens trenne. Wahrscheinlich."

Verblüfft lasse ich meine Hände sinken. Spielen meine Ohren mir einen Streich? Immerhin habe ich schon sechs Schulstunden hinter mir und meine Gehörgänge sind ziemlich überanstrengt. Vielleicht gibt es da einen Stau, und irgendwelche Sätze sind durcheinandergeraten. Oma wollte wohl eigentlich sagen: „Es ist so, dass ich die Jeans von Opa auftrenne. Wahrscheinlich sind sie ihm zu eng geworden." Könnte doch sein. Im Kunstunterricht haben wir heute erst über Stoffe gesprochen. Über Baumwolle und Polyester, über Jeansstoffe und warum die in Amerika so beliebt geworden sind … Alles andere wäre doch total unlogisch. Omas und Opas trennen sich doch nicht! Erleichtert beiße ich in meinen Kuchen und murmele mit vollem Mund: „Kauf Opa doch einfach eine neue Hose, das wär doch viel einfacher."

Nun gucken mich Oma und Mama plötzlich an, als wäre ich eine unterirdische Kreatur, die zu ihrem größten Erstaunen gerade aus einem Loch im Küchenboden gekrabbelt ist und genüsslich ihren Hefekuchen wegmümmelt. Mama schüttelt schließlich den Kopf und murmelt: „Schön wär's, wenn der Kauf einer neuen Hose die Probleme so einfach beseitigen würde."

„Es geht mir nicht um modische Aspekte, Vivi-Spatz", erklärt Oma. „Es geht um viel wesentlichere Dinge!"

Trotz des Kuchens in meinem Mund habe ich plötzlich einen leicht bitteren Geschmack auf der Zunge. Habe ich also doch richtig gehört?

„Was 'n für wesentliche Dinge?", will ich wissen. Mama schaltet sich ein: „Das wüsste ich auch gerne, nachdem ihr es schon fast ein ganzes Leben lang miteinander ausgehalten habt!"

„Ha!", ruft Oma jetzt aus. „Als ob es ums Aushalten ginge! Glaubst du etwa, in meinem Alter möchte man nicht mehr glücklich sein?"

Mama verdreht nur die Augen. Ich habe einen Kloß im Hals. „Und was ist mit Opa Jens?", frage ich. „Wie findet der das?"

Oma fingert ein bisschen nervös an ihrem goldenen Ehering herum. „Jens kann sich ja mal Gedanken machen, wie er das findet. Bis jetzt war ihm offenbar die Frage wichtiger, wann wieder ein gebügeltes Hemd im Schrank hängt."

Ich muss schlucken. „Echt? Ist Opa das egal, wenn du weggehen willst?"

Oma bringt es fertig, sogar noch zu grinsen. „Tja, dass ich mich jetzt mit Jan-Horst treffe, ist ihm zumindest nicht egal."

„Jan-Horst? Wer ist das denn?", fragen Mama und ich wie aus einem Mund.

„Jan-Horst", beginnt Oma und lächelt dabei irgendwie total bescheuert, „ist ein wunderbarer Mann mit guten Manieren und klugen Gedanken in seinem gepflegten Kopf."

„Wie alt?", fragt Mama streng.

Oma kontrolliert, ob ihr Nagellack in Ordnung ist. „Er ist 67 Jahre und fünf Monate alt, wenn du es genau wissen möchtest."

„Wo hast du ihn kennengelernt?", hakt Mama nach.

„In der Buchhandlung am Kornmarkt. An der Kaffeebar neben der Reiseliteratur. So, und nun ist dieses Verhör beendet, meine Lieben." Oma knöpft ihre Jacke zu. „Ich bin nämlich verabredet und muss jetzt gehen. Grüßt Nathalie und Jörg von mir!"

Kaum ist die Haustür ins Schloss gefallen, hängt Mama sich ans Telefon und ruft ihre Freundin Julia an, um diese brandheißen Neuigkeiten zu bequatschen.

Ich ziehe mich in mein Zimmer zurück. Eigentlich müsste ich jede Menge Hausaufgaben machen. Aber darauf kann ich mich jetzt überhaupt nicht konzentrieren. Ich muss erst mal verdauen, was ich da gerade zu hören bekommen habe. Oma und Opa sind schon seit immer und ewig miteinander verheiratet. Sie haben zwei Kinder bekommen, nämlich Mama und meinen Onkel Thomas. Sie sind bis jetzt jedes Jahr ein Mal an die Nordsee gefahren, um dort Urlaub zu machen. Und manchmal auch nach Spanien, weil ihnen beiden das Land, die Sprache und die Kultur so gut gefallen. Und ich kann mich nicht erinnern, dass sie sich irgendwann mal angeschrien hätten oder so.

Da trennt man sich doch nicht einfach! Vielleicht ist das alles nur eine blöde Laune von Oma? Vielleicht hat sie Probleme mit den Wechseljahren? Frau Nolte, die Frau vom Hausmeister an unserer Schule, hat neulich ausgiebig rumgejammert, dass ihr die Wechseljahre ja solche Probleme bereiten! Sie meinte, ihre Nerven würden immer schwächer und sie hätte schreckliche Hitzewallungen. Möglicherweise braucht Oma 'ne Abkühlung?

Wie immer, wenn ich mich beruhigen will, setze ich mich im Schneidersitz in meinen weißen Plüschsessel. Seufzend schalte ich meinen CD-Player ein. Eine Ballade von Shakira ist jetzt genau das Richtige. Dann greife ich in meine Holzkiste mit dem Sammelsurium an Perlen, die in Reichweite auf meinem grün lackierten kleinen Regal steht. Mittlerweile habe ich ungefähr drei Kilo Holzperlen, Plastikperlen und Glasperlen in allen Farben gesammelt und mir schon mindestens 28 Halsketten in verschiedenen Längen aufgefädelt. An manchen Tagen trage ich gleich drei oder vier davon gleichzeitig. Sieht viel besser aus als eine einzelne Kette. Meine beste Freundin Nici kriegt natürlich jedes Jahr eine Kette von mir zum Geburtstag. Blöderweise ist Nici heute bei ihren Großeltern, sonst würde ich mich gleich nach Mama ans Telefon hängen. Die Glücklichen feiern in aller Seelenruhe ihre goldene Hochzeit, und da kann Nici sich schlecht ungestört mit mir unterhalten.

Bestimmt ist sie wieder umringt von ihren Cousins, die alle mal neben ihr sitzen wollen. Kein Wunder – Nici sieht mit ihren blonden Locken und ihrem rosigen Gesicht aus wie ein Weihnachtsengel, der sich auf die Erde verirrt hat. Dabei hat sie eine so große Klappe, als wäre sie einer Koboldfamilie entsprungen! Manchmal könnte ich neben ihr glatt im Boden versinken. Auffallen um jeden Preis ist nicht gerade mein Ding. Ein bisschen pummelig ist Nici auch. Sie ist davon zwar total genervt und will ständig abnehmen. Aber ich finde, zu ihrem Weihnachtsengel-Look passen ihre runden Formen perfekt – wie von einem himmlischen Designer extra für sie gemacht. Nici meint immer, wenn ich nicht so spindeldürr wäre, würde ich darüber sicher auch anders denken. Ich geb mir ja schon Mühe! Mal sehen, wann die Apfeltaschen und Schokotörtchen Wirkung zeigen. Bis jetzt werden die ganzen Kalorien anscheinend noch direkt verbrannt – durch Fahrradfahren und Schulstress. Und seit heute gibt es ja auch noch eine mittelschwere Familienkatastrophe zu bewältigen! Auch wenn Oma so getan hat, als wäre das alles ein Klacks. Normalerweise würde ich einfach mit ihr reden. Das hab ich schon öfter gemacht, wenn ich mal Stress mit Nathalie oder mit Mama und Papa hatte. Aber jetzt ist Oma ja selbst diejenige, die irgendwie nicht mehr so tickt wie vorher und sich von fremden Tattergreisen in Buchhandlungen abschleppen lässt! Außerdem hatte sie es zum Schluss ganz schön eilig.

Ich kombiniere schwarze Plastikperlen, farblose Glasperlen und pinkfarbene Holzperlen miteinander. Immer schön abwechselnd. Und als ich fertig bin, ist mir klar, dass ich Omas durchgeknallte Ansage unbedingt mit Nathalie besprechen muss. Nathalie ist immerhin schon 15, also drei Jahre älter als ich. Ich hoffe, sie hat eine geniale Idee auf Lager. Denn dass Oma Hilde wieder zur Vernunft gebracht werden muss, steht für mich fest.

Um kurz nach sechs höre ich endlich die Haustür schlagen. Zu allererst ruft Nathalie aus dem Flur in Richtung Küche: „Was gibt's zu essen?" Klar, nach der Schule war sie noch in ihrem heißgeliebten Sportverein und hat jetzt natürlich mindestens doppelt so viel Kohldampf wie ich nach dem Unterricht.

Mamas Antwort kommt prompt. „Hallo, Nathalie, hattest du auch einen schönen Tag? Es gibt Linsen mit Möhren und Kartoffeln. Dauert aber noch 'ne halbe Stunde. Willst du auch Schafskäse dazu?"

„Bloß nicht!", wehrt Nathalie sofort ab. „Der Fettgehalt ist viel zu hoch!"

Nici würde sich darüber kaputtlachen. Nathalie ist nämlich genauso schlank wie ich. Da wir noch eine halbe Stunde bis zum Essen haben, nutze ich sofort meine Chance und lotse mein Schwesterchen in mein Zimmer.

„Was gibt's denn, Vivi?", will Nathalie wissen. Sie wurschtelt sich die Glitzerspange aus den schulterlangen braunen Haaren und streckt sich in ihren hautengen Jeans auf meinem Teppichboden aus. Ich kläre sie in aller Kürze darüber auf, dass Oma Hilde Opa Jens für einen Tattergreis namens Jan-Horst verlassen will und das auch noch ganz normal findet.

„Jan-Horst ist der blödeste Name, den ich je gehört habe", setze ich noch eins drauf.

Nathalie grinst. „Ich finde den Namen Jan auf alle Fälle total süß!" Ja, klar. Wie konnte ich das nur vergessen! Nathalie ist seit acht Wochen mit Jan aus dem Sportverein zusammen. Der Typ ist der totale Mädchenschwarm, und meine Schwester schwebt auf Wolke sieben, seit sie zum ersten Mal mit ihm geknutscht hat. Wie die das angestellt haben, ist mir übrigens ein Rätsel. Jan ist nämlich drei Köpfe größer als Nathalie. Fürs Basketballspielen ist das bestimmt vorteilhaft – aber fürs Knutschen? Der muss sich doch zusammenklappen wie ein Schweizer Taschenmesser, um an Nathalies Mund ranzukommen. Wenn die lange zusammenbleiben und ständig knutschen, wird Jan unter Garantie bald Rückenschmerzen haben. Und kein Arzt wird drauf kommen, woran das liegt! Aber von solchen

Gefahren lassen sich die beiden wohl eher nicht abhalten. Nathalie ist richtig gut drauf, wenn sie verknallt ist. Im Moment vielleicht sogar zu gut!

„Hey, Nathalie, denk doch mal an den armen Opa!"

„Der wird sich irgendwie danebenbenommen haben. Sonst würde Oma doch nicht so ausrasten! Lass die mal machen ..."

„Es ist doch nicht dasselbe, ob sie sich gestritten haben oder ob Oma plötzlich einen neuen Mann will!"

„Hat sie denn schon was mit dem Neuen?"

„Glaub ich nicht. Sie haben sich im Buchladen an der Kaffeebar getroffen."

„Siehst du! Was soll zwischen staubigen Bücherregalen schon groß passieren?"

Damit springt Nathalie auf und trabt zielstrebig in Richtung Futterquelle. Papa ist nämlich auch gerade nach Hause gekommen und wir können endlich essen.

Während Mama das Linsengemüse austeilt, erzählt sie Papa brühwarm, was ihrer Mutter seit Neuestem im Kopf herumgeht: Jan-Horst von der Kaffeebar im Buchladen am Kornmarkt. Papa hört zu und schüttelt dann grinsend den Kopf.

„Jörg, also wirklich – findest du das etwa witzig?", fragt Mama empört.

Papa lehnt sich entspannt zurück. „Ach, komm schon, Ramona. Wir haben April, fast schon Mai!"

„Hä – was hat denn jetzt die Jahreszeit damit zu tun?", schaltet sich Nathalie ein.

„Ganz einfach", meint Papa und trinkt einen Schluck Apfelschorle. „Das sind Frühlingsgefühle! Die beiden kriegen sich schon wieder ein."

Ich löffle schweigend meine Linsen. Papa findet das also normal. Frühlingsgefühle! Was weiß mein Vater eigentlich darüber? Und wieso hat man die überhaupt? Ich hab jedenfalls keine! Ich freu mich zwar auch auf den Frühling und den Sommer, aber nur deshalb, weil ich Sonne lieber mag als Regen, weil ich gern Eis esse und weil meine Perlenketten zu Sommerklamotten und Flipflops noch viel besser aussehen als zu warmen Pullovern. Was soll das alles bitte schön mit Ehekrach und fremden Tattergreisen zu tun haben?

just girls

Vivis Welt steht Kopf, denn plötzlich wollen sich alle trennen! Wenn das so weitergeht, gibt es bald keine glücklichen Paare mehr. Dagegen muss man etwas unternehmen …

Stehst du auf:

- Prinzenrolle zum Frühstück?
- Stachelige Zimmergenossen?
- Lovestorys mit Happy-End?

Dann viel Spaß mit just girls

Katharina E. Volk
just girls
Der Liebesretter-Club

LESESPASS FÜR FRECHE MÄDCHEN!

192 Seiten, Klappenbroschur
€ 9,95 [D]
ISBN 978-3-505-12643-7

www.schneiderbuch.de

EGMONT
Verlagsgesellschaften
Schneider Buch